死者を動かすもの

T・キングフィッシャー

JN148464

アレックス・イーストンはヨーロッパの小国ガラシアの退役軍人だ。旧友マデリン・アッシャーから病気だという手紙をもらい、アッシャー家の館を訪ねてきた。不気味な沼のほとりに立つ館は陰気で憂鬱で、久しぶりに会ったマデリンの兄ロデリックはやせ衰え、目は落ちくぼみひどい有様だった。マデリンも見るからに病が重そうで、今にも息絶えそうなのにもかかわらず、夜には夢遊病者のように歩き回る。そして悲劇が……。ヒューゴー賞、ローカス賞、ミソピーイク賞などを受賞した著者がポオの「アッシャー家の崩壊」に捧げた傑作ゴシックホラー。

登場人物

アレックス・イーストン……元ガラシア軍中尉
ユージニア・ポッター………挿絵画家、在野の菌類愛好家
ロデリック・アッシャー……アッシャー家当主、アレックスの旧友
マデリン（マディ）…………ロデリックの双子の妹、アレックスの旧友
ジェームズ・デントン………アメリカ人医師
アンガス…………………………アレックスの従者

死者を動かすもの

T・キングフィッシャー
永　島　憲　江　訳

創元推理文庫

WHAT MOVES THE DEAD

by

T. Kingfisher

Copyright © 2022 by Ursula Vernon
This book is published in Japan
by TOKYO SOGENSHA Co., Ltd.
Japanese translation rights arranged with
CORNERSTONE LITERARY, INC.
through Japan UNI Agency, Inc., Tokyo

日本版翻訳権所有
東京創元社

死者を動かすもの

本書をドーサイ・イレギュラーズ（SFファンダム等のイベント時にパトロールなどを担う団体）に捧げる。

彼らはイーストンをくつろいだ気分にさせてくれるだろう。

シャイ・ドーサイ！

第一章

そのキノコの傘の裏側のひだは、切断された筋肉の濃くて赤い色をしていた。紫色に近いその色合いは、薄いピンクの内臓とすさまじい対をなすものだ。死んだ鹿や、死にかけの兵士の体でそういうものは何度も見てきたが、ここで目にしたときはぎょっとさせられた。

キノコがこれほど人体そっくりに見えなければ、ここまで動揺することはなかっただろうと思う。じっとりして腫《は》れぼったいベージュのキノコの傘は、濃い赤色をした裏側のひだと逆方向にふくれ上がっていた。盆地にある小さな沼の岸辺の、石の割れ目からキノコが生えている様子は、皮膚病になった肌にできた腫瘍《しゅよう》のようだった。わたしは、キノコから距離を置きたいという強い衝動にかられ、同時にこれらを枝でつつきたいという、さらに強い衝動にもかられた。

キノコを観察するため、旅の途中で馬を下りて立ち止まることに、なんとなく罪悪感があった。でも、わたしは疲れていた。それになにしろ、馬が疲れていたのだ。マデリンからの手紙にどれだけ至急と書かれていようが、届くまで一週間かかっているのだし、五分かそこら余計に時間がかかっても問題はないだろう。

馬のホブは、休憩をありがたがっていたけれど、周りの風景にはとまどっていた。草原をじっと見つめ、それから顔を上げてこちらを見ると、彼が慣れ親しんでいる草とは質が違う、と知らせてきた。

「水を飲めるぞ」わたしは言った。「一口だけな」

わたしとホブは、小さな沼の水をのぞきこんだ。沼は暗くしんと静まりかえり、岸沿いに生えている奇怪なキノコと、しなびた灰色のカヤツリグサを水面に映しだしていた。深さは五フィートか、五フィート半くらいだろう。

「やめとこう」わたしは言った。自分でも、沼の水をそれほど飲みたいとは思えなかったのだ。

ホブは、ものごとが気に入らないときの馬独特のため息をつき、遠くをぼんやりと見やった。

沼の向こう側と、そこにある建物を見て、わたしもため息をついた。期待が持てそうな光景ではなかった。古めかしく陰鬱《いんうつ》な館が、古めかしく陰鬱な姿で立っている。巨大な石造りの建物は、かつてのヨーロッパ一の富豪が、いまは資金不足で苦労しながら維持しているという感じである。翼棟《よくとう》のひとつは崩壊し、石が山積みになり、垂木《たるき》が突き出していた。マデリンは、双子の兄ロデリック・アッシャーとあそこに住んでいる。彼のことをヨーロッパ一の富豪とは、とても呼べない。ルラヴィアというやや前時代的な狭い地域の標準からしても、アッシャー家は品位を保ちながらも貧しかった。他のヨーロッパの貴族たちと比べてもアッシャー家はひどく貧乏だったし、家の状態はそれを示していた。

庭らしきものは見当たらなかった。かすかに甘い香りが漂っているのを感じたので、おそらく草原で花が咲いているのかもしれなかったが、陰鬱な雰囲気をふり払えるほどではなかった。

「わたしなら、それには触らないわね」後方から声がした。

わたしはふり返った。ホブは頭をもたげ、草原や沼と同じくらいその来訪者にがっかりすると、また頭を下げた。

彼女は、わたしの母が言うところの〝年配の女性〟であった。この場合、年配というのはおよそ六十代のことを指している。男性用ブーツを履き、アッシャー家の館より古いかもしれないツイードの乗馬ジャケットを着ていた。

彼女は長身で体格がよく、巨大な帽子を被っていたせいで、余計に大きく見えた。ノートを手にし、大きな革製のナップザックを背負っている。

「なんとおっしゃいました？」わたしは言った。

「そのキノコよ」彼女は、わたしの前で立ち止まった。イギリス風のアクセントだが、ロンドンのものではない――たぶん、どこか地方のものだろう。「キノコよ。お若いかた……」彼女の視線がだんだん下がり、わたしの上着につけられた軍隊の襟章《えりしょう》に及んだ。そして、あることを認識でき、「なるほど！」という表情がその顔にぱっと浮かんだのがわかった。

いや、**認識**というのは間違った表現だ。それよりむしろ、**分類**である。わたしは、彼女が会話を切り上げるのか、続けるのかを見守った。

「わたしなら、それには触らないわ、将校さん」彼女はふたたびそう言って、キノコを指さした。

わたしは手にしていた枝を、別の誰かの持ち物であるかのように見下ろした。「えっと――だめですか？　毒があるのでしょうか？」

彼女は、表情豊かな顔の持ち主で、唇を大げさにすぼめた。「それは、赤傘オオクサダケです。くわしく説明しますと、種小名は**フォエティダ**（悪臭という意味）であって、**フォエティディシマ**と混同しないように——でも、このあたりに生えることはないはずですから、ね？」

「そうなんですか？」わたしは話をあわせて言った。

「そうですよ。**フォエティディシマ**は、アフリカで見つかる。そしてこれは、ヨーロッパのこの地域限定のキノコですから。毒を持っていないのはたしかで、でも——そうね——」

彼女は手を差しだしてきた。わたしは、まごつきながら枝を手わたした。どう見ても、博物学者だ。分類されたという感覚は、いまではいっそう納得がいった。わたしは分類され、正しい分岐群にふりわけられ、しかるべき丁重な扱いを受けることになったのだ。そのうえでわたしたちは、キノコの分類法といったもっと重要な事柄へと会話を進めていた。

「馬を押さえておいたほうがよいと思いますよ」彼女は言った。「それと、あなたの鼻をつまんでおくとよいかもしれない」ナップザックに手をのばしハンカチを探りだすと、彼女はそれを鼻にあてた。それから枝の先端で、赤傘オオクサダケを軽く叩いた。

本当に軽く打っただけだったのだが、キノコの傘が、裏側のひだの内臓のような赤紫色へと変色した。その直後、なんとも言いようのない臭いに襲われた——腐りかけの肉と、舌苔《ぜったい》のような幕がはった腐ったミルクの臭い。そしてものすごく気持ち悪いのだが、焼きたてのパンの香りもかすかに混じっていた。なんであれ大気中の甘い香りはかき消され、わたしの胃は口からとび出しそうになった。

ホブは鼻息を荒くし、手綱をぐいっと引っぱった。それを責めはしない。「おえっ!」

「あれは小さいほうよ」と、年配の女性は言った。「それに完全に熟してはいない。ああ、よかった。大きなものなら、あなたの鼻は完全にやられているし、髪の毛は逆立ってしまうでしょうね」そして枝を下に置き、空いているほうの手ではハンカチを口にずっと押しあてていた。「よって〝オオクサ〟という俗名がある。〝赤傘〟というのは、一目瞭然だからだと思われる」

「本当にひどい!」顔を腕で覆いながら、わたしは言った。「するとあなたは、菌類学者ですか?」

ハンカチ越しに彼女の口元は見えなかったものの、眉をひそめている。「残念ながら、たんなる愛好家です。わたしの性には、それがふさわしい、と、されていますからね」

彼女は一語ずつ、嚙み切るように話した。わたしたちは互いに、言いたいことはわかる、と、こっそり視線を交わした。イギリスにいわゆる宣誓軍人はいないと聞いている。それにいたとしても、彼女は別の道を選ぶだろう。わたしが口を挟むことではないし、彼女もわたしのことに口を挟むことはない。みなそれぞれのやり方でこの世をわたっているし、そうでないこともある。とはいえ、彼女が直面したであろう、いくつかの難題についてはは想像することができた。

「職業としては、挿絵画家です」彼女は歯切れよく言った。「けれど、菌類の研究には、これまでずっと興味を持ってきたんです」

「それで、こちらにこられたと？」

「あら！」彼女はハンカチを持った手をふった。「菌類について何をご存じか知りませんけれど、この場所は特別なんですよ！　本当にたくさんの独特な形状のキノコがあるんです！　これまでイタリア以外で知られていなかったアミダケを発見しましたし、新種と思われるテングダケの一種も発見しました。愛好家だろうがそうでなかろうが、わたしがこのスケッチを描き終えたら、菌類学学会はこれを認知するしかないでしょうね」

「これをなんと呼ぶおつもりですか？」わたしは尋ねた。どれほど変わっていようと、よくわからない情熱というものには魅了される。戦争中、ある羊飼いの小屋に泊まり、山腹を上がってくる敵軍を待ち受けていたことが一度ある。そのとき羊飼いは、羊の繁殖についてこと細かくこきおろし、熱弁をふるった。あれは、それまでの人生で聞いたどの説教にもひけをとらないものだった。わたしは相槌を打ち、話が終わる頃には、伝染性の下痢や蝿蛆《はえうじ》症にかかりやすくてひ弱な、生まれすぎの羊たちの改良に乗りだしたいと思ったし、世界中の無邪気な羊たちから、そういった羊を選り分けたいとも思った。

「蛆でさ！」羊飼いは、わたしに向かって指をふりながら語っていた。「蛆は羊の耳の中に隠れる、とんでもねえやつらだ！」

　彼のことは、いまでもよく思い出す。

「このキノコは、**ポッテリ**（「ポッターの」のラテン語風言い方）と名付けるつもりです」新しい知人は言った。幸い彼女は、わたしの考えがどちらへ流れていたかを知らない。「ユージニア・ポッターといいます。わたしの名前を、どうにかして菌類学の学会誌に載せるつもりでいるんです」

「きっとそうなりますね」わたしはまじめに答えた。「アレックス・イーストンです」そしてお辞儀をした。

　彼女はうなずいた。熱い情熱を抱いているものについて、あのようにうっかり口にしてしまったことを、つまらない人物なら気まずく感じるかもしれない。けれど、ミス・ポッターは見るからにそういう弱さを超越している——または、菌類学の学会誌に自分の証を残すことの重要性がわかっている者なら、誰でもそうであるよう、たんに楽しんでいるのかもしれない。

「こちらの赤傘オオクサダケは、新種ではないのでしょうか?」わたしは言った。

彼女は首を横にふった。「何年も前に発表されています。まさにこの地方一帯、またはこの近郊で発見されたと考えています。アッシャー家はずっと以前、芸術の強力な支援者でした。そしてそのひとりが、植物画の制作を依頼したんです。ほとんどは花の絵でしたけれど」彼女が軽蔑をこめて語るのを聞くのは、愉快だった――「ですが、キノコ類もいくつか描かれました。そして植物学者ですら、フォエティダを見過ごせませんでした。ただし、このキノコの俗称を、ガラシア語でお伝えできないと思うんです」

「ないかもしれませんね」ガラシア人に会ったことがない場合、まず知っておかなければならないことがある。ガラシアは、頑固で誇り高く、猛々《たけだけ》しい人びとと、まったく恐るべき武人たちのふるさとだ、ということである。実際のところわが先祖たちは、出会ったすべての相手との戦いに明け暮れ、たたきのめされながらヨーロッパを移動し、最後にガラシアに落ち着いた。モルダヴィアの近くにある、もっと小さい国である。おそらく誰も欲しがらないから、そこに定住したのだろう。ちなみに、オスマン帝国ですら、わが国を隷《れい》属《ぞく》させようとは思わなかった。寒くて貧しい土地で、穴に落ちて死ぬか、または餓死しない場合、オオカミに食われる。そしていまでも持ちこたえている理由のひとつは、何度も侵攻されていないからだ。または少なくとも、先の戦争までは侵攻されてこなかったからである。

ヨーロッパ中をさまよい、戦いに負けている間、われらは自国語であるガラシア語を進化させていった。フィンランド語より難解な言葉だと聞いているが、これはすごいことだ。そして戦いに負けるたび、敵からいくつか言葉を拝借しては、急いで逃げてきたのだった。その結果、ガラシア語はかなり特異な言語となった（ガラシア語には代名詞が七つある。たとえば、無生物を指すものがあるし、神のみを指すものもある。キノコのみを指す代名詞がないのは、きっと奇跡に違いない）。

ミス・ポッターはうなずいた。「沼の向こう側にあるのが、アッシャー家の館ですよ。お知りになりたければ、ですけれど」

「おっしゃるとおりです」わたしは言った。「あそこに向かっているところなんです。マデリン・アッシャーは、子どもの頃の友人でした」

「あら」ミス・ポッターは、初めてとまどった口調になった。「彼女は、とても具合が悪いと聞いています。お気の毒な話です」

「何年もずっと具合が悪いんです」わたしは、マデリンからの手紙をしまいこんでいるポケットを、無意識のうちに触っていた。

「おそらく、みなが言うほど、お悪くはないんでしょう」ミス・ポッターは、どう見ても明るい感じで話そうとしていた。「村では少しでも変わった話があると、それがどれほど不愉快なものになるかご存じでしょう。お昼にくしゃみをすれば、日暮れ時までに、墓掘り人があなたの寸法を測りにくるんですから」

「望みを持つことしかできませんね」わたしは、ふたたび小さな沼を見下ろした。そよ風がさざ波を起こし、岸に打ち寄せてきた。二人で見ていると、館のどこかから石材が剝がれ、水中へとまっすぐ落ちていった。ザブンという音ですら、おし黙っているようだった。

ユージニア・ポッターは体を揺すった。「さてと、わたしは写生を続けるつもりです。ごきげんよう、イーストン将校殿」

「ごきげんよう、ミス・ポッター。あなたの**テングダケ**に関する知らせを楽しみにいたしますよ」

彼女の唇がぴくっと動いた。「**テングダケ**が無理だとしても、このあたりのアミダケには大いに期待しているんです」こちらに向かって手をふると、彼女は湿った草地の上に銀色に光るブーツの跡を残しながら、草原を大股で歩いていった。

わたしはホブを、沼の縁をぐるりと回っている道のほうへと戻した。旅の終わりが見えているというのに、わびしい風景だった。沼の縁にはカヤツリグサがたくさん生え、枯れた木が何本か立っていた。あまりに枯れ具合が激しく灰色になっていて、わたしにはなんの木かわからなかった（ミス・ポッターなら、なんという木か知っていたはずだ。とはいえ、たんなる草木を確認させるなどという、彼女をおとしめるようなことを頼むつもりは絶対にない）。苔《こけ》が石のへりを覆っていて、赤傘オオクサダケの忌《い》まわしい小さな塊《かたまり》が、数多く突き出している。アッシャー家の館は、こういうものの上にうずくまっている巨大なキノコのようだった。

するとこの瞬間を選んで、耳鳴りがいきなりはじまった。高い金属音が耳の中に響きわたり、沼のさざ波音までかき消していった。わたしは動きを止め、耳鳴りがやむのを待った。危険ではないものの、平衡感覚がほんの少し危うくなるのだ。それに沼の中にうっかり落ちるなんてことは、絶対にしたくなかった。ホブはこういう状況に慣れていたので、迫害に耐える殉教者のような、禁欲的な雰囲気をたたえながら待っていた。

残念ながら、耳の状況が自然に改善してゆく間、館しか見るものはなかった。ああ、それにしても、気の滅入る風景だ。

建物の窓が目のように見えるというのは、ありふれた言い回しである。それというのもどんなものにも顔を見出すのが人間というものだし、ならばもちろん窓は目に相当するだろう。アッシャー家の館にはいくつもの目があった。つまりいくつもの顔が一列に並んでいるか、または別種の生物の理のもとにある何かの創造物の顔——おそらく蜘蛛のような、頭部に目が列をなしているもの——となる。

わたしは、それほど想像力が豊かな人間ではない。ヨーロッパで一番呪われた家に一晩押しこめられたとしても、ぐっすり眠って、翌朝には腹を空かして起きると思う。霊感がまったく欠けているのだ。動物には好かれるほうだけれど、たまに動物のほうが、わたしのことをイライラするやつだと思っているに違いない、と想像する。動物が不思議な精霊をじっと見つめ、そわそわしているとき、わたしがまぬけなこと、たとえば「よい子は誰だ?」とか「猫ちゃんはおやつが欲しいのかな?」とか話しかけるからである(よいかな、とにかくひとりのとき動物にまぬけなことをしない人間は、当てにならないものだ。これは父の座右の銘のひとつで、わたしは絶対に正しいと思っている)。

想像力がないことを考慮しても、わたしには、その場所全体が過去の遺物のように感じられたと言っても、たぶん許してもらえるだろう。

館と小さな沼が、これほど憂鬱《ゆううつ》なのはどういうことだろう? 言うまでもなく戦場がぞっとするほど不愉快な場所だということに、誰も疑問を挟まない。これはただの暗くて陰気な沼のひとつだ。そこに陰気な館があって、陰気な植物が生えているだけだ。わたしの精神状態に、それほど強い影響を及ぼすものではないはずだ。

植物はすべて枯れているか、枯れかけのようだ。そのとおり。館の窓は、まるでずらりと並んだ骸骨《がいこつ》の眼窩《がんか》のように沼を見下ろしている。そのとおり。だから、どうだと言うんだ？　実際に骸骨が並ぶ様子が、わたしにそれほど強い印象を残すことはなかった。パリにいる収集家をひとり知っているが……まあ、詳細は気にしなくてもよい。彼はじつにもの静かな人物なのだが、ずいぶん奇妙な物を集めていた。とはいえ、季節にあった祝祭用の帽子を被せてもらった骸骨たちは、とても楽しそうだった。

アッシャー家の館には、祝祭用の帽子より強力なものが必要になるだろう。館にできるだけ早く到着し、この風景のことを忘れるため、わたしはホブにまたがり速足で進むよう促した。

第二章

館へ到着するには、思ったより時間がかかった。よくあることだが、そこの風景は、見かけによらず、ほんの数百ヤードの距離かと思いきや、盆地や谷間の道などをゆっくり進むと、目的地まで十五分もかかってしまうのだ。戦争中、こういう地形はわたしの命を何度も救ってくれたのだが、いまだに好きになれない。つねに何かを隠しているように思えてしまうのだ。

今回の場合、ここの風景に隠れていたのは、一羽の野ウサギだけだった。通り過ぎるとき、大きなオレンジ色の目をした野ウサギがいて、わたしとホブをびっくりさせたのだ。ホブは、この野ウサギを無視した。彼の品位を損なう存在だったからである。

館へ到着するには、沼の上の短い板張りの歩道を通らなければならず、わたしに負けず劣らずホブもそれを嫌がっていた。そこでホブから下りて、先導をすることにした。歩道はしっかりした造りに見えたが、その場の風景全体がとにかく荒れ果てていたので、わたしは無意識のうちに、歩道を通るとき体重のすべてを乗せないようにしていた。おかしな話に聞こえるだろう。ホブは、いつもの目つきでこちらを見てきたが、言うとおりにしてくれた。ホブにとって荷が重いことをやってほしい、と、頼んだときの目つきだった。カポカポというホブのひづめの音は、羊毛でくるんだときのように、不思議なくらいのっぺりしたものに聞こえた。

わたしを待ち受ける者は誰もいなかった。歩道は館の他の部分から奥まったところにある、奥行きのない中庭へとつながっていた。館の両側面の壁は沼まで達していて、ところどころについているバルコニーが壁面を分割していた。正面玄関はよい意味でゴシック風——文字どおりの意味と、比喩《ひゆ》的な意味の双方を含んでいるかもしれない——だった。プラハにある大聖堂についていればお似合いといった巨大な怪物が、アーチ状の入口の先端についていた。

巨大な鉄のノッカーを手に取って扉を叩いた。聞こえてきた音はかなり大きかったので、尻込みしてしまった。わたしはこの建物全体が、音が響いたせいで崩壊しないかと、半ば期待した。

何分たっても誰も出てこなかった。わたしはだんだん不安になってきた……まさか、マデリンからの手紙を受けとった後、彼女が死んだなんてことはないはずだが？　この館の者は全員、葬式に参加しているとでもいうのか？（この忌《い》まわしい場所がわたしの神経にもたらした効果が、これでよくわかる。普通なら葬式という言葉が、わたしの頭にまっさきに浮かぶことはないのだ。）

希望をとっくに捨て、ノッカーをじっと見つめ、扉を再度叩くべきか考えていると、ようやくきしんだ音を立てながら扉が開いた。年配の使用人が扉の向こう側からのぞきこみ、じっとこちらを見つめてきた。無礼な見つめ方ではなかったし、当惑しているというほどでもなかった。わたしの存在が思いがけないというだけではなく、まるで彼の経験したことがない世界からきた者であるかのようにこちらを見ていた。

「あのー？」わたしは言った。

「何かご用でしょうか？」使用人も同時に口を開いた。

二人とも黙りこんでしまった後、わたしはふたたび口を開いた。「わたしは、アッシャー兄妹《きょうだい》の友人です」

使用人は、この情報に対して厳《おごそ》かにうなずいた。わたしは待ちながら、彼がまた扉を閉めるかもしれない、と半ば期待していた。ところが、ずいぶん長くたってから、彼はついにこう言った。「中へお入りになりますか？」

「はい」と、わたしは言ったが、これは嘘だとわかっていた。キノコまみれで、目のような窓がいくつもついている、このくたびれた館の中へ入りたくなかったのだ。けれどわたしはマデリンに呼ばれてここへきたのだ。「どなたか、馬の面倒を見ていただけますか？」「中へお入りになれば、若い者を行かせます」彼は扉を細く開けた。一筋の灰色の日光が屋内に入りこんだが、何も浮かび上がりはしなかった。わたしが自分の影の後についで日光のあるところまで歩くと、使用人は扉を閉めた。わたしは暗闇の中に立っていた。

館の外観は、外の風景と同じく鉛色《なまり》で重苦しかったけれど、それでも内側と比べれば、燃えさかる町くらい明るく照らされていた。目が慣れるまでほんの少し時間がかかり、そのうちマッチを擦《す》る音がして、使用人が扉のそばの二本のロウソクに火をつけた。彼は、わたしにロウソクを一本手わたした。この館では、昼日中でもこの暗さが至極当然という趣《おもむき》であった。

「イーストン？」聞き覚えのある声がしたが、声の主は玄関ホールの暗がりに立っていた。「イーストン、きみは、ここで何をしているんだ？」

わたしが声のほうへ顔を向けると、ちょうど彼が前へ進んできたところだった。ロウソクのゆらめく明かりのもと、わたしは古い友人ロデリック・アッシャーを抱きしめた。青春時代の友人であり、運命の偶然により、戦争中はわたしの指揮下に入っていた。自分の顔を知っているのと同じくらい、彼の顔を知っていた。

だが誓って言おう、声を聞いていなければ、ロデリックだとはわからなかっただろう。

ロデリック・アッシャーの肌は、骨の色をしていた。白に淡い黄色が混じった嫌な色で、ショック状態に陥りそうな人間の顔色である。目は深く落ちくぼんで青い隈《くま》ができている。頬に余分な肉が残っていたとしても、わたしには見つけられなかった。

しかし最悪だったのは、彼の髪の毛だった。蜘蛛《くも》の巣のように宙を舞い、金髪というより白髪に見えるのはロウソクの明かりによる錯覚だと、わたしは自分に言い聞かせた。いずれにせよ、彼の髪の毛全体がふわふわした束となり、霧でできているかのように、頭部の周りに後光のごとく漂っていた。こんな髪の毛はかなり幼い者と、非常に年老いた者に見られるが、自分より一歳年下の男性がそうなっているのを見るのは、落ち着かない気分だった。

ロデリックとマデリンの二人は、もともとかなり青白い肌の持ち主で、子どもの頃ですらそうであった。後の戦争中、ロデリックは日焼けするより、肌にやけどをしやすかったようだった。二人とも大きくて潤《うる》んだ目をしていた。詩人が言うところの「鹿のような」という目である。しかし、そういう詩人の多くは、鹿狩りをしたことがないのだろう。なぜならアッシャー家の二人には、巨大な楕円形の瞳孔《どうこう》はついていないからだ。そして二人には、きちんと使える白目がついている。じつはそのとき、ロデリックの白目がやけに大きいことに気づいた。不自然に青白い顔の中で、彼の目は熱っぽい輝きを放っていた。

「アッシャー。まるで地獄中をケツから引き回されたみたいな顔をしているぞ」

彼はむせたような笑い声を上げ、頭を抱えた。「イーストン」とふたたび言って頭を上げると、そこにはなつかしいロデリックの表情がかすかに現れていた。「ああどうしよう、イーストン。きみにはわからないよ」

「話してくれないと」ロデリックの肩に腕を回しドンと叩くと、骨には肉がまったくついていなかった。彼は以前からやせていたが、やはりこれはどこかおかしい。骨の一本一本を感じとることができる。もしもホブがこのような姿になったら、厩舎頭《きゅうしゃがしら》に夜明けのピストルでの決闘を申し込むところだろう。「なんてことだ、ロデリック。こんな姿でうろつかせているとなると、きみのところの料理人をよく思えないな」

彼はわずかのあいだ、わたしにぐったりともたれかかってから、体をまっすぐにして一歩後ろに下がった。「どうしてきたんだ?」

「マディが、手紙をよこしたんだ。病気だって……」わたしの声は、だんだん小さくなっていった。ロデリックは妹が死にかけていると思っている、と、マディが手紙に書いていたことを言いたくなかったのだ。あまりに不躾《ぶしつけ》だし、彼は疲労困憊《ひろうこんぱい》しているようだった。

「マディがそう書いていたのか？」ロデリックの目は、ますます白目が目立っていた。「なんと書いてあったんだ？」

「きみが彼女の健康を心配している、とだけ書いてあったよ」ロデリックがこちらをじっと見つめてくるので、軽くいなそうとした。「それともちろん、マディの生涯を通じて報われない、わたしへの熱い思いもね。それでガラシアにあるわが巨大なお城に住んでもらおうと、彼女をさらいにやってきたというわけだ」

「だめだ」ロデリックは、わたしのおもしろくもない冗談を無視して言った。「だめだ、妹はここを離れることができないんだ」

「冗談だよ、ロデリック」わたしはロウソクを手に否定の素《そ》ぶりをした。「心配だっただけさ、それだけだよ。玄関ホールにずっと立ちっぱなしでいたいのか？　こっちは一日中、馬に乗ってきたんだぞ」

「ああ……そうだ。もちろん、そうだね」彼は額に手をかざした。「すまない、イーストン。客人がやってくるのは本当に久しぶりで、礼儀作法をすっかり忘れてしまったんだ。母さんは恥ずかしく思うだろうな」そしてきたほうへ引き返し、わたしについてくるよう促した。

廊下には明かりはついておらず、ひんやりしていた。明かりがなくても、ロデリックには問題がなさそうだ。わたしはロウソクを持っていたが、彼についてゆくために足を速めた。薄暗がりの中、床は黒っぽく見えた。そして壁のぼろぼろのタペストリーや天井の彫刻は、玄関扉と同じようにゴシック風だった。

建物の新しい翼棟《よくとう》のほうへ入ると、少しだけ肩の力を抜いた。そこにあったのはタペストリーではなく羽目板ばりの壁だったし、一部には壁紙が貼ってあった。壁紙は湿気のせいでふやけてふくらみ、ひどい状態ではあったものの、少なくとも大昔の地下室を歩いているような気分は薄れた。大昔の地下室のような場所に、ふくよかな女性の羊飼いや、ふざけてはねまわっている羊が壁にいることはほとんどない。わたしは壁紙の羊飼いや羊を、そこの壁にいる見張りだと考えることにした。

ようやく、扉の下から明かりがもれているところへやってきた。ロデリックが押し開いたのは居間へ通じる扉だった。そこには本物の暖炉があり、窓は虫食いだらけのカーテンで覆われていたけれど、かすかな光がカーテンの縁から入っていた。

火の近くにソファがいくつか寄せ集められていた。そこでわたしはその日、二度目の衝撃を受けた。ソファのひとつにもたれるように横になっていたのは、マデリンであった。

彼女はガウンや毛布にくるまれていたので、ロデリックのようにやせているかどうかはわからなかった。けれどその顔はげっそりと肉が落ち、肌の下の骨が見えそうだった。唇は溺れたひとのように紫色がかっていた。化粧品の選び方が下手なせいだ、と自分に言い聞かせていると、彼女は鳥のかぎ爪のような手をこちらへ差しのべた。わたしは彼女の指の爪が、同じくチアノーゼみたいな濃い紫色をしているのに気づいた。

「マディ」と言って、わたしは彼女の手を取った。士官たちに礼儀作法をたたきこむことに時間を費やしてもらって、本当に感謝している。というのも、彼女の手首にかがみこみ、無理のない普通の調子で声をかけたのは、ただの反射的行動にすぎなかったからだ。「久しぶりだね」

「あなたは全然変わっていないわね」彼女の声は弱々しかったけれど、まだ記憶にあるマディのままであった。

「ずっときれいになったね」わたしは言った。

「そしてあなたは、とんでもない嘘つきになったのね」彼女は言いながらほほ笑み、ほんのりと頬が色づいた。

わたしが彼女の手を離すと、ロデリックは、部屋にいたもうひとりの人物にこちらの注意を向けた。マディのことで驚いてしまい、その人物には気づいていなかったのだ。「友人の、ジェームズ・デントンを紹介させてもらえるかな?」

デントンは、長身のひょろっとした男性で、髪は白髪になりかけていた。彼が正気を失ったせいで白髪になったわけではないのなら、年齢はおそらく五十歳近くだろう。衣服を階級の象徴ではなく、たんなる服だ、という感じで身に着けていた。そして口ひげは、流行というには長くのびすぎていた。

「はじめまして」デントンは言った。

ああ、アメリカ人か。それで服装とか、無駄に空間を占めるような感じで足を大きく広げ、肩をいからせて立っていることにも説明がつく（アメリカ人をどう評価すればよいか、まったくわからない。彼らの図々しいところは魅力的ともいえるが、彼らをけっこう好きかもしれないと思いはじめたとたん、アメリカへ帰ってほしい、もしくは国境まで、海の中まで行ってほしい、と思うような人物に出会ってしまうのだ）。

「デントン、こちらは妹の友人、イーストン中尉だ。つい最近まで、第三騎兵隊にいたんだ」

「お会いできて光栄です」わたしは言った。

わたしはデントンに手を差しのべた。なぜならアメリカ人は、やめさせるまで食卓で握手をするものなのだ。彼はわたしの手を機械的に取り、じっとこちらを見つめ、わたしが下ろすまでずっとこちらの指をつかんでいた。

当然だが、その目つきは覚えがあった。また、分類されているのだ。でも、ミス・ポッターのときほど優雅なものではない。

わたしが知る限り、アメリカにはガラシアのような宣誓軍人はいない。だがアメリカには、かなりどぎつい内容の週刊誌があると教えてもらっている。きっとデントンは宣誓軍人と聞いて、そういう週刊誌に描かれたような、身長が七フィートで乳房をひとつ切り落としているアマゾネスや、太いヒール靴を履いた女戦士におびえるハーレムの男たちなどを思い浮かべていたのだろう。

背が低く、がっしりした体格に、ほこりっぽい厚手のロングコートを着た、軍人風の髪形をした人物など、デントンは考えてもいなかったのだろう。わたしは、もう胸に包帯を巻く手間をかけていないけれど、その点についてはこれまでそんなに大きな問題にならなかった。それにわたしの服は、軍服の基準を満たしていると、従者が確認済みである。

デントンは、会話で物事をてきぱきと解決する性格ではなかったと思う。もしかしたら、先程述べたような週刊誌のことを思い浮かべていたのかもしれない。デントンの肩ごしにロデリックの姿が見えたが、客人が、何か重大な失言をした場合に備え、気を張りつめている。咳ばらいしてから声を出すまで、デントンは少し時間をかけた。「イーストン中尉、お目にかかれて光栄です。失礼ながら、わが祖国は先の戦争に参加しておりません。ですから、あなたの母国のかたたちとともに軍務に従事するという栄誉に、わたしは浴していないのです」

「アメリカは運がよいですね」わたしはそっけなく言った。「ガラシアの軍隊には……そうですね、新しい部隊を編成するにあたり、周りをよく見たところ、ちょうどおあつらえむきにわれわれが在籍していたというわけです。軍部が、兵の再編成をすることより、食べ過ぎのお貴族様のため、戦場を彼ら専用の個室トイレだらけにするつもりだとはっきりわかったとき、自分の階級は売り払いましたが——というわけで、大変失礼いたしました、ロデリック卿、マディ。ご同類のお貴族様のことを悪く言ってしまいました！」

ロデリックは、ややわざとらしい安堵の笑い声をあげ、わたしは、使用人が差しだしたスピリッツの入ったグラスを受けとった。「喜んできみを許そう」ロデリックは言った。

「何か許すことがあるのならね。あの戦場で起きたのは、本当に恥ずべきことだった。それに、いまだにぼくらを貴族だと思ってくれていることに感謝するよ」

「当然のことだろう？」わたしは、グラスの縁に指を二本あてたままマデリンに会釈した。

「ところで、きみが手紙に書いていた問題というのは、なんのことかな？」

マディのばら色の頰はしだいに色を失い、やがて完全に消え去った。そしてロデリックと同じく彼女も、骨のように真っ白な顔色になった。「できれば、あとで話すことにしましょうか」マディはそうつぶやき、自分の手をじっと見つめた。

「もちろん」わたしは言った。「きみのお好きなときに」

デントンはちらっとマディを見て、それからわたしにもちらっと目を向けたあと、元の場所へ戻っていった。彼の頭の中で、いくつもの歯車が動いている様《さま》が見えるようだった。わたしと、彼の友人の妹との関係性を確定しようとしているのだ。これはなんとなくおかしかったし、同時になんとなく腹が立った。

全体的にみて、ユージニア・ポッターによる迅速な分類のほうが、わたしにはずっと好ましかった。ある意味、菌類と同等に扱われるというのはとても新鮮である。とはいえ、彼女がどうしてもわたしの胞子紋《ほうし》をとりたいとか、あざの色を確認したいとか要求してきたら、また違ったふうに感じていたかもしれない。

「疲れたわ」マデリンが唐突に言った。ロデリックは急いで立ち上がり、彼女を扉までつれていった。二人がいっしょのところを見て、わたしは彼らがどれほどひどい暮らしを送っていたかにあらためて気づき、ふたたび衝撃を受けた。マデリンは、子どもの頃から小柄でほっそりした、淡い色の髪の女の子だった。最後に会って以来四十歳も年をとったかのように見えるが、会わなかった期間は二十年はいっていないと思う。ロデリックは、歳不相応なその異常な髪の毛以外はまともに見えるが、その挙動はとてもまともと言えるものではなかった。マデリンの仕草はゆっくりしていて、まるで傷病兵のようだったが、ロデリックのほうはがたがた震え、イライラしたエネルギーばかり発していた。指をじっとさせることができず、まるで楽器を演奏しているかのように、マデリンのガウンの袖の上でせわしなく動かしていた。そして何かにじっと耳を傾けているかのように、何度も横を向いたりしていた。わたしには何も聞こえなかったのだが。

扉へ移動してゆくとき、二人のどちらが相手を先導していたのか、わたしにはわからなかった。

二人が姿を消したとたん、デントンが静かに口を開いた。「衝撃的でしょう?」

わたしは彼をじろっとにらんだ。「彼らには聞こえませんよ」とデントンは言って、前かがみになった。「マデリンの部屋は遠く離れているんです。われわれには、少し時間があります」

「彼女の部屋が近くにあれば、そんなに遠くまで歩かなくてすむのに」わたしは言った。

「マデリンは具合が悪い」

「どちらの願いもかないませんね」デントンは言った。「このばかでかい建物の中で暖炉に火を入れることができる部屋は、限られているんですよ」

これには合点がいった。そして自分の子ども時代の家や、石炭の値段のことで嘆く母や、温かさを逃がさないようシーツで半分に仕切った部屋、といった記憶が急に蘇《よみがえ》ってきた。

「ロデリックとは――そうだな、考えてみると、四、五年は会っていませんでした」デントンは言った。「あなたの場合、どのくらい会っていないのか……」

「もっと長いですね」わたしは、グラスの飲み物をじっとのぞきこんだ。炎の明かりの中、琥珀《こはく》色の液体が渦《うず》を描いている。薪を節約するため火に灰を被せたい、という強い衝動をぐっと抑えこんだ。そんなことをすれば、ロデリックの誇りを傷つけるだけだろう。

アッシャー家の二人と最後に会ってから、本当に長い時間がたっていた。ガラシアでは、二人は母親といっしょにわが家の近くに住んでいた。そして彼らの母親は、先祖代々のこの家に住もうとしなかった。この家を見たいまとなっては、彼らの母親が妊娠するまではこの家にとどまったのか、それとも新婚旅行中に妊娠した後に家を一目見てから逃げだしたのか、そのどちらかだろうと思った。ロデリックが家を継いでからというもの、わたしは二人には全然会っていなかった。

「それでしたらお伝えしますが、ロデリックの身体のおとろえは、最近起きたものです」デントンは言った。「彼はこれまでずっとやせていましたが、このような状態ではなかった」

「彼の髪の毛」わたしはつぶやいた。「金髪だったのは覚えていて、マデリンもそうだったけれど……」

デントンは首を横にふり「でも、このような状態ではなかった」と、ふたたび言った。「栄養に関する、なんらかの慢性疾患かもしれないと考えました。しかし彼がとっている食事をみたところ、量は少ないが体に悪いものではありませんでした」

「環境によるもの、でしょうか？　この場所にいたら……」わたしは空いているほうの手であたりを指し示したが、実際に頭にあったのは、あの小さい沼のことだった。黒々とした水、ひどい臭いのするキノコ。「誰だって、具合が悪くなると思いますね」

デントンはうなずいた。「ロデリックにはここを離れるべきだと提案しましたが、ミス・アッシャーに旅は無理です。彼女がここにいる限り、彼は離れそうにありません」

わたしは椅子にまっすぐ座り直した。「マデリンの手紙には、ロデリックは、彼女が死にかけていると思っている、と書いてありました」

「あなたもそう思いますか？」

わたしがグラスを飲み干すと、デントンがまたついできた。「わたしはここに着いてから、一時間もたっていないんです。自分がどう思うかなんて、まだよくわかっていません」それでも、マデリンの姿には衝撃を受けた。**死にかけている**。そう、あれは、死んだも同然だ。

この類の死にどう向きあえばよいか、わたしにはわからなかった。ゆっくり訪れ、避けられず、放してくれない死。わたしは軍人で、砲弾やライフル銃の弾には対処できる。傷がどういうふうに化膿して兵士を殺すかについての知識はある。とはいえほんの少しの技術と、かなりの運のよさで避けることができるような初期段階の傷もある。とにかくやってきて居座る死というのは、わたしにはまったく経験がない。わたしは首を横にふった。

「ロデリックは、土地や建物がひどい状態だということは話していました。ですが……」

どうしようもないという感じで両手を上げる。貧しいということを恥ずかしがらない人びとが住む国、そういう国がきっとあるだろう。しかし、わたしはまだ行ったことはない。

当然ながら、ロデリックは家のひどい状態を話題にしようとは思わなかっただろう。「思うに、この屋敷は限嗣《げんし》相続《そうぞく》（親族内の男系男子にのみ相続させるという限定的な相続の方法）によって、売ることはできないんでしょう？」

「彼にここを売ることはできません。けれど、立ち去るようお願いしてきました。わたしの家に滞在してもらってもよい、という申し出すらしました。それでも彼はずっと、妹に旅はできないと言っているんです」

　わたしは息を吐きだした。ロデリックはおそらく正しいのだろう。マデリンは、強い風でこなごなになってしまいそうだった。わたしは自分のブランデーをじっとのぞきこみ、どうしたらよいのやらと考えこんだ。

「先ほど失礼な態度をとっていましたら、許していただきたい」デントンは言った。「これまで宣誓軍人のかたにお会いしたことがなかったんです」

「ご存じだと思いますが」わたしは、ブランデーをすすった。「われわれは必ずしも襟章《えりしょう》をつけているわけではないのです」

これを聞くと、デントンは、ほんの一瞬体を起こした。「わたしは……いや。知らなかったと思います。お尋ねしても――申し訳ない――どうして宣誓されたんですか？」

この手の質問をしてくるのには二種類の人間がいる。なんにでも強い興味を抱くほうの連中は、ずっとまれだし、まだ我慢できる。「宣誓軍人！　まさか！」と、彼らは言うだろう。「宣誓軍人になるには、何が必要なんですか？」そして五分後、誰かが自分のいとこはワイン商人だと話すと、彼らはすべての注意をその人物に移し、ワイン造りについての細かいことを色々質問するのである。

わたしは、そういう類の人物とともに軍務に就いていた。ウィル・ゼラスは、天体、ハーブ、靴作り、戦場での外科処置のいずれにも同じくらい夢中だった。かつて羊飼いが、蛆虫《うじむし》と小便についての驚くべき演説をしたとき、ウィルがいっしょでなかったことをずっと悔やんでいる。残念ながらウィルは、すでにその頃、向こうずねに被弾して病院にいたのだ。最後に会ったとき、ウィルは杖を使って歩き、信じられないくらい長い話をしていた。木彫りのこと、焼き串を回転させる小型テリア犬（十六世紀から十九世紀のイギリスで肉を焼く作業に使役された）が品種として衰退していること、自分たちがインドで睡蓮《すいれん》を集めた方法のことなどである。ウィルの妻は、ときおり会話に割りこんでは「あなた、食事をしてちょうだい」と言っていた。するとウィルは、ふたたび話をはじめる前にどうにか三口くらい口にしていたと思う。

それから言うまでもなく、それとは異なる種類の人間がいる。彼らは質問をしてくるが、本当に知りたいのはズボンの中にあるものと、ひいてはベッドの相手が誰かだけである。あなたのことは、おそらく前者に属している人物だと思っている。だから万一あなたがガラシアの宣誓軍人に会ったことがない、またはわたしたちのことを、どぎつい週刊誌でしか読んだことがないという場合に備え、説明することにしよう。

先に述べたように、ガラシアの言葉は……特異なものである。ヨーロッパであなたが出会う言語の多くには、三人称にたとえば「he（彼）」「she（彼女）」「his（彼の）」「her（彼女の）」というものがある。わたしたちの言語では、それは、「ta」「tha」「tan」「than」となる。ただし、さらに「va」「van」「ka」「kan」という言葉があって、そのうえ岩石と、神を表す特別な言葉がいくつか存在する。

「va」と「van」は、思春期前までの子どもが使っている。さらに僧侶と尼僧も使うが、彼らの場合「van」ではなく「var」となる。ガラシア語にも同じく「少年」「少女」をさす言葉は存在する。けれど、子どもを呼び表すときに「ta」「tha」を使うのは、非常に悪趣味だとされている（たとえば、あなたがガラシア語を学ぼうとしているところで、うっかり子どもに対して「ta」「tha」を使ってしまったとする。その場合、自分は語学が苦手だ、本気ではなかったのだと、すぐに表明したまえ。さもないと、母親が自分の子どもをさっとひっつかみ、あなたを変質者のように見てくるのを待つはめになる）。

ガラシア語を母語としているかどうかは、彼らが年少の者や僧侶に対して「he」「she」「él」「ella」（スペイン語の彼と彼女）や、それと同意義の言葉をなんであれ使うのをためらっているところを見れば、たいてい見破れる。戦争中、わたしたちのスパイのひとりはその方法で捕まった。そして、きょうだい間でお互いのことを「va」と生涯呼びあうのは珍しいことではない。

そして次に、「ka」と「kan」がある。

わたしたちがひどい武人であるとは、以前も述べている。戦闘が苦手だとはいえ、わたしたちは自国の軍人たちを誇りに思っている。きっと誰かが、誇りに思わなくてはならなかったのだろう。やがて軍人を評価する動きは、軍人の場合には「ta」「tan」ではなく「ka」「kan」を使う、という言語学的事実にまで広がった。基礎訓練に参加した者は、剣と新しい代名詞をひとそろいわたされることになるのだ（軍人に対して「ta」と呼びかけるのは、非常に礼儀に反している。変質者のレッテルを貼られることはないだろうが、もしかしたら顔を殴られるかもしれない)。

こういったことは、今回の戦争の前に起きた二、三の戦争のときは例外として、いつもなら問題にならなかっただろう。わが国が同盟を結んだ国々がいきなり侵略されはじめたので、わが国は自国の兵士を送りこんで参戦するはめになった。そしてある日、わが国自身が侵略されているのかもしれないという状況になるのだが、そのときには兵士が足りなくなっていた。すると、マルリア・ザーヴェンドッターという名の女性が陸軍基地へやってきて、自分はこれから兵士になると申し出た。

ご存じのとおり、すべての公的な申込用紙には、性別を申告する欄はない。たんに「ka」《軍人》とだけあるのだ。女性が軍人になることは許されないと誰もが知っていたし、誰もなったことはなかった。しかし、そのことは申込用紙のどこにも書かれていなかったし、軍隊はお役所仕事的に運営されていた。マルリアに兵役の申請登録はできないのだと言うための書類を、陸軍は見つけられなかった。百年前なら、彼らはマル《kan》リアをあざ笑って兵舎から追い出したところだろう。けれど、陸軍は深刻な人手不足だったし、そこにいるのは手ごわそうな人物で、しかもマスケット銃を扱える。というわけで担当官は、ザーヴェンドッターを必ず内地の部隊へ送ると決めた。ただし、募集人員を満たす新兵がさらに集まらなかった場合とした。しかし、新兵申し込みはなく、ザーヴェンドッターが軍人の友人たちにこの話をすると、突如、ガラシアの国内軍は、ザーヴェンドッターのようにみずから軍人になろうとする女性たち、第三の民に目を向けた。これらの人びとは、それまで軍人になる資格はないと考えられていたが、その頃にはあらゆる点から軍人として認識され、終戦までこの方針は変わらなかった。

終戦の時点で、軍に入隊した女性たちに故郷へ帰れと伝えるのは非常に難しかっただろう。それでも実際に説得しようとしたようである。女性が軍人になることについて山ほど議論がされ、首都にある階段では、非常に胸を打つ演説もぶたれた。その中には有名な演説「自分は女ではなく、軍人である！」もある。あなたがガラシアの歴史を全然知らなくとも、この演説についてはきっと読んだことがあるだろう。相続法もなんらかの形で関わり――わたしは、この点についてよく知らないのだが――やがて騒ぎが収まると、ガラシアには宣誓軍人が生まれた。いまでは軍部へ行き、宣誓をすれば、あなたは軍人になれる。彼らは書類にスタンプを押し、あなたに襟章をわたす。これがあれば、周りのひとたちはあなたのことを「ka」と呼べばよいとわかる。さらに彼らはライフル銃をあなたに手わたしてから、鬼軍曹のところへ送りこむ。およそこんなものだ。他の者と同じように、坊主頭にする。そして軍服も、他の者と同じような軍服である（一時期、ドレス型の軍服を製作しようとし、失敗していた)。女性が軍人になる制度には、いまだに多くの問題があるし、外国語で言い換えるとややこしくなってしまうのだが、他のことと同様に、つまり他の何よりも、軍隊ではこの制度が正常に機能している。

あらゆる理由で、ひとは入隊する。絶対に、絶対に、女性でありたくないという者には、入隊は最高の選択肢となる。山岳地帯から逃れたいという者は、入隊すれば、寝床と週に二度肉がもらえる食事が手に入る。それから、わたしのような者がいる。

「うーん」わたしは肩をすくめた。「誰かが、家族のために家に金を送る必要がありました。それに、わたしの父は死ぬまで軍人でしたから、そういう血筋なんだと思います」

「しかし、戦争ですよ」デントンは言った。「怖くなかったんですか?」

相手が侮辱してきているのか、たんにアメリカ人であるだけなのか、判別しづらいときがある。運よくその瞬間、ロデリックが戻ってきた。そこでわたしは、ふたたび話を続けることができた。「怖かったかって? おい、ロデリック、わたしたちはベルギーで怖い思いをしたかな?」

「頭がおかしくなるくらい、怖かったよ」ロデリックは、部屋に入ってきたときは物思いに沈んでいたように見えたが、この質問でどうやら元気になったみたいだった。「退屈だったとき以外はね。ほとんどの時間がそうだったけれど」

「すると、あなたがたは、いっしょに軍務に就いていたんですか?」デントンは言った。

わたしは苦笑いをした。「そうです。そして、軍に入ったロデリックは、自分がわたしの部隊に配属されたと知ると、かなり動揺していました。ですが、務めは十分果たしてくれましたよ」

「脅しに使おうと思って、ぼくらの子どもの頃の下品なネタのあれこれを、思い出そうとしたんだ。でも、その必要もなく終わった」ロデリックは、デントンにうなずいて見せた。

「ぼくがいたのは、たった一、二年だった。イーストンは、その後、父が亡くなって、ぼくは軍籍を売り払わなければならなかったんだ。イーストンは、その後も軍に残ったんだ」

「きみは賢かったよ」わたしは言った。戦争はわたしの足と膝には負担だったし、思いやりの心を信じる気持ちにも負担となった。けれどその後、姉は親切な人物と結婚して身を落ち着け、わたしはこれ以上金を実家へ送る必要がなくなったので、自分の軍籍を売った(ちなみに、軍を離れたら、相手が自分をどう呼ぶかを決めるのは自分次第となる。ロデリックは、元の「he(彼)」を使うようにしたが、十五年間も軍服を着ていた後では、「ka」がわたしにはしっくりくる)。「軍での余分の年月は、何をもたらしたというんだ? 痛めた肩と、すばらしい馬の他にさ?」

「いまも、肩が痛むのかい?」

「うーん」とわたしは言って、肩をすくめた。それからわざとらしく顔をしかめ、肩をつかみ、ロデリックに向かってにやっと笑いかけた。

デントンは眉を寄せた。「負傷されたんですか?」

「デントンは医者なんだよ」ロデリックは言った。「ここに来てほしいと彼に頼んだ理由のひとつは、それなのさ」

デントンは片手を上げて抗議した。「かろうじてです。一年間、学校で学び、その後は南部諸州が分離するときに校長が捕まったので、わたしは骨用のこぎりと、その使い方を知っている者だと書かれた一枚の紙きれとともに追い出されました」

「怖かったですか?」わたしはうっすらと悪意をこめて言った。

デントンの目がゆらめき、わたしをとらえた。攻撃を認めたのである。すると彼の口ひげが、ほほ笑みの上で動いた。わたしは彼が異議を唱えるのを待ちかまえたが、驚かされた。「怖かったです」と、彼は言ったのだ。「ずっとね。わたしたち医者は、何度も何度も、兵士の手足を切断しなくてはなりませんでした。それに、兵士たちが手術台の上で死んでしまうかもしれないと、つねに不安でした。彼らのほとんどが、そのうち死ぬだろうとわかっていましたが、目の前で死なれるのは、最悪の気分でした」

わたしは顔をしかめた。わが国の雑誌は、あちらの雑誌のどぎつさには遠く及ばないけれど、それでも医者たちのぞっとするような話を載せることはある。たとえば病変した手足を切断し、切断した断面にウイスキーを吹きかけ、次の患者を運び入れるというような話だ。仮にデントンが、まさにそういうできごとを少しでも経験していたとすれば、彼は幾度となく地獄の苦しみを味わってきたことになる。

「きみは自分を過小評価しているよ」ロデリックは言った。「パリにいる医者の半数より、きみのことを信頼しているんだから」

「ああ、きみがそう言うのは、わたしがなんにでもアルコールを流しこむからだろう」彼はわたしをふり返った。「負傷したのは肩ですか?」

「マスケット銃の弾です、よりによって」わたしは言った。「おじいちゃんのマスケット銃を屋根裏部屋で探しだしてきた誰かさんが、わたしたちが通りぬけているとき、それで近距離から狙い撃ってきました。わたしはとんでもなく運がよかったんですが、その当時はそうは思えませんでしたね」

デントンは顔をしかめた。「骨に当たったんですか?」

「ひびが入りましたけれど、折れはしませんでした。骨董品《こっとう》で撃たれたことの強みですよ」

デントンはうなずいた。「幸運でしたね。狙撃されたということを考えたら、本当に運がよかった」

ロデリックは、わたしたちとともに従軍した仲間についての話をはじめた。その人物は男性器を撃たれ、その後、三人の子どもを持った。よい話である。デントンはふさわしいところで顔をしかめ、わたしたちは酒を飲んで暖炉のそばに座り、戦争の頃のできごとを語りあった。まるですべてがことごとく正常で、この家では誰も死にかけてはいないかのように。

第三章

ついにすっかり夜も更けた頃、わたしがあくびをしたので、ロデリックはわたしを部屋まで案内してくれた。このとき、ロデリックはロウソクを手に、かなりゆっくり進んでいた。

「デントンは、失礼な態度をとっただろうか？」居間から離れて聞こえなくなると、ロデリックが尋ねてきた。彼が本気で心配しているのだとわかった。「デントンはいいやつなんだ。でも、アメリカに宣誓軍人はいないと知っているだろう。もしも彼が失礼な態度をとっていたなら、一言言っておくから」

わたしは首を横にふった。「よくあることだから。一日か二日で、彼も落ち着くだろう」

ロデリックはため息をついた。「すまない。こういうことにうんざりだって、わかっている」

わたしは、ふんと鼻をならした。十年前なら、こういうことにはうんざりさせられた。いまのわたしは、それとはまったく別次元のところにいる。たぶん、どうしようもなく疲れているのだ。これはデントン医師とはあまり関係ないし、彼より以前に会った一万人以上のひとたとも関係はない。「きみや、きみの友人を驚かせるつもりはなかったんだ、ロデリック」

「そうじゃない」ロデリックの手が揺れると、壁の影がとびあがった。「さっきのぼくは、無礼だったよ。すまない。きみなら、当然ここへくるだろう。マデリンが……病気だって思ったならね。気づくべきだった」

「わたしたちは友人だった。かつては」わたしはおだやかな口調で言った。「いまでも、そうならいいと思っているよ」

「そうだ、**そうだよ**」ロデリックは、必死といってよい感じでこちらに向き直った。わたしは、ロデリックの窪んだ目の周りや、やせこけた頰に、ロウソクの光が深い影を落としている様《さま》にひるまないようつとめた。

「ぼくらは友人だったし、いまもそうだ。きみは、陣頭で攻撃の指揮をとっていたよね。何をすべきかわかっていたし、それをこなしていた。ぼくには……いま、その能力が必要なんだ。ぼくには、もう何をすべきかわからない」

「いっしょに考えよう。ライフル銃がずらりと並んでいるところに出くわすより、ましだろう」

「そうかな？」ロデリックはわたしを見て、目をしばたたいた。「この場所は……ここでは……」ロデリックはロウソクを持ちながら手を動かした。彼の手の動きを追うと、壁からは壁紙が剝《は》がれ、ぼろぼろの状態でぶら下がっているのが見えた。その壁紙の奥では、建物の肉体部分がむきだしになっている。薄い色の板材にはカビの染みが広がり、小さな黒い点がつながってまるで星座のようだ。「いまは物音が聞こえるんだ」ロデリックは言った。「いろんな物音なんだ。自分の心臓の音。雷みたいに聞こえる他人の呼吸音。たまに、垂木《たるき》に潜む、虫の音も聞こえるような気がする」

「戦争の名残《なごり》だよ」わたしは、自分の耳鳴りのことを考えた。「炸裂《さくれつ》弾も、銃弾も、くらいすぎたな。わたしたちは全員、部分的に聴覚障害を起こしたたし、聴力は半分になっているのさ」

「そうかもしれない。でも、ぼくはこの場所が嫌いなんだ」ロデリックは半ば夢を見ているかのように語った。「それにすごく怖い。戦争中は、こんなふうに怖いと思ったことは、一度もなかったな」

「あの頃のわたしたちは、もっと若かったし、不死身だったたよ」わたしは言った。

ロデリックは、無理して笑顔を作った。不気味な笑いだったので、わたしは顔を背け、剝がれかけている壁紙のほうにまた目をやった。「そうかもしれない。でも、この場所がぼくには恐ろしい。このひどい家が。むしろ、ライフル銃がずらりと並んでいるところに直面するほうが、いまならましだと思えるよ。少なくとも、相手は人間だしね」

わたしは、この話をどう判断したらよいかわからなかった。「いっしょに考えよう」ふたたび力をこめて言った。

「そう願うよ。いまは、何もかもが恐ろしいんだ」ロデリックは頭をふって笑ったが、さっきの笑顔と同じくらい不気味だった。「ぼくは、以前のような軍人ではないんだ」

「誰だって、かつての自分と同じではないんだよ」と言って、わたしは自分の部屋にロデリックに案内してもらった。

朝食は、早い時間からはじまった。卵とトーストと紅茶があり、サイドボードの上には他のものが少し置いてあった。わたしは卵を三つ取ってから、ロデリックの厚意にかなり甘えているのだと、すぐに罪悪感を覚えた。施しをしているように見えないように、何か埋め合わせをする方法はないだろうか？　たとえば鹿、または、つがいのヤマウズラを持ち帰ってくるとか？

わたしは座って紅茶を飲み、トーストを卵の黄身にひたしながら、あからさまではない方法で食料貯蔵庫の中身を増やすにはどうすればよいだろうと、懸命に考えていた。するとそこへ、デントンが入ってきた。わたしがうなずくと、彼は低いうなり声をもらした。朝型ではないようだ。わたしもそうだから、それはかまわない。デントンが二杯目の紅茶を飲み終えてから、昨晩、尋ねたかった質問をした。

「マデリンのどこが悪いのか、おわかりですか？　医学的な面から？」

　デントンは、ぼんやりと紅茶から目を上げた。「朝は、核心をついてこられるんですね、中尉？」

　わたしがわびると、デントンは気にするなというように手をふった。

「いいえ、かまいません。自分が目を覚ましているのかもわからないし、いま自分が何をしているのかも、よくわかっていませんから。ヒステリー性の癲癇《てんかん》というのが、おそらく彼女がパリで下された診断でしょう。望んだものではなかったでしょうが」

「ヒステリー？」

「ええ。役立たずの、くだらない診断です」デントンは自分のためにもう一杯紅茶をつぎ、ティーポットに残ったぶんをわたしについでくれた。紅茶は苦くなっていた。「ヒステリーというのは、かつての肺病みたいなものです。どこか具合が悪くて、治すことができないとなると、どうなるか？　たいてい肺病となりました。いまではコッホ（一八四三―一九一〇、ドイツの細菌学者、医師）が、細菌が原因で結核を発症することを発見し、いつまでも肺病説に固執する必要はなくなりましたから、結核以外の理由で亡くなるひともいるのだと認めなくてはなりません」デントンは紅茶をがぶりと飲み干し、顔をしかめた。「ですが、いまだにヒステリー症状はあります。もっともムッシュー・シャルコー（一八二五—九三、フランスの神経病学者）が、女性と同じくらい男性にも生じると教えてくれましたがね。その原因がわかっているか？　いいえ。治療法がわかっているか？　いいえ。様々な症状が、おそらくひとつの名称でひとくくりにされているのか？　ほぼ間違いなく、そうでしょう。質問はやめてください。骨用のこぎりはうまく扱えますし、ブランデーをあなたの喉に流しこんだり、傷口にかけたりすることはできますけれど、神経性の病気はわたしの手に負えません」

「なんとも奇妙な話だな」わたしは言った。「マデリンが神経質だとは、一度も思ったことはありませんでした。双子のどちらもそうです。しかしロデリックは……」わたしは昨晩のロデリックの態度、彼が口にしていた不安や、家への恐怖のことを思い出した。

デントンが意味ありげにうなずいて見せたので、ロデリックは彼にも、同じ気持ちを伝えていたのだろうと思った。「あなたが間違っているとは、言えません」デントンは言った。「とりわけ、ここ最近に関しては間違っていない。ですがマデリンには、カタレプシー（強硬症）がみられるのです」

「カタレプシー！」

　デントンはむっつりとうなずいた。「かなり重症です。何時間も体が動かせない状態になりますし、症状はどんどんひどくなっています。ごく最近では、つい数日前に起きました。そのときは、ほぼまる一日半、症状が続きました。反射運動は消え、氷のように冷たくなり、鏡に息がかかるのをかろうじて確認することはできました」

　わたしは椅子にぐったりと沈みこんだ。わたしに手紙を出した後のできごとに違いない。彼女が死にかけていると、ロデリックが思ったのも無理はない。「知らなかった」

「ご存じのわけがありません」デントンは、手で口ひげのあたりをこすった。「もちろん、これは症状の診断であって、原因ではない。原因については……わからないんです。彼女は貧血ですし、十分な食事をとってはいません」

　わたしは色々と食べ物が置いてあるところを眺めた。「ロデリックが反対しなければ、狩りに行こうかと思っています」

「ごいっしょしたいところですが、わたしの射撃の腕はひどいものでして」

　わたしはにっこりと笑った。「わたしは、撃たれたひとの傷口を縫うのが本当に下手でしてね。こうして、すべてうまく収まるのだと思いますよ」そしてテーブルから立ち上がり、狩りの装備を確認するために出ていった。

予想どおり、わたしは館内で迷った。この館は迷路のように入り組んでいて、昨晩はよく見ていなかったのだ。朝食室を見つけられたのは、トーストの匂いをたどっていったからにすぎない。やがて、いくつかの閉じられた扉につきあたった。その半分は少し開いていて、バルコニーへ通じているようだった。もしかして外に出られたら、建物のどこに自分がいるのかわかるかもしれない。わからなかったら、下へ行って正面玄関まで歩いてもよいだろう。

バルコニーに出てみると、すでに先客がきていたとわかった。

日光の下、マデリンの姿は二倍の衝撃をもたらした。色の抜けたタンポポの綿毛のような髪の毛、透けて見えるような肌。太陽を背中にして立つと、ステンドグラスの窓みたいにマデリンを通して光線が見える気さえした。鉛《なまり》の窓枠ではなく、骨を枠にした窓を通して。

「この沼、きれいでしょう?」マデリンは、水面を見下ろした。

「山に囲まれた沼というのは、たいていそうだね」わたしは言った。たとえこの特殊な沼があてはまらないにしろ、いまのは真実である。この沼は黒々とし、よどんで悪臭を放っていた。**きれい**という言葉を、わたしならその沼を言い表すために使おうとは思わない。**炎と聖水が切実に必要**ではないだろうか。沼も焼き払うことができるのだろうか? アメリカでは以前、川が燃えた（十九世紀、オハイオ州のカヤホガ川で何度が火災が発生した）ことがあるらしい。そのことで「アメリカ人が水すら燃やす方法」という愉快な小話が新聞に載っていた。ただし、川が燃えたのにはなんらかの化学薬品がからんでいたなと、ぼんやり思い出した。

「ねえ、イーストン」マデリンは言った。「昔いっしょに川まで下りていって、魚を釣ろうとしたのを覚えている？」

「一匹釣ったのを覚えているよ。そしてきみの卑劣《ひれつ》ないとこ……あの子《van》の名前は何だったっけ？　セバスチャン？……は、それを盗もうとしたんだ」

「そしたらあなたは、あの子《van》を川へたたき落とした」マデリンは鼻にしわを寄せ、クスクスと笑った。わたしは、彼女のクスクス笑いでどれほど動揺したか、悟られないようにした。その笑い声はか細く、かさかさとして弱々しく、虫が脚をこすり合わせている音のように聞こえた。わたしが覚えている彼女の笑い声とは、まったく別物だった。

「あの頃は、ずっと楽だったわ」マデリンは、あこがれをこめた声で言った。「わたしたち子ども《van》はみんなでいっしょに過ごした。すごく若くて、健康で、希望に満ちあふれていた。いまのわたしを見て」マデリンは自分の顔と体を手で指し示した。「わたしが死にかけてるって、ロデリックが思っても、不思議じゃない。こんな状態ならね」

「気分はどうだい？」と、わたしは尋ね、会話の糸口にとびついた。

「わたしがときどきすごく元気いっぱいな気分になるの、知ってる？　自分が恐ろしい姿なのはわかっているわ。鏡は嘘をつかないもの。そう、ロデリックの言うとおり。わたしの先は長くない。でも、すごく不安かというと、そうでもないわ」

わたしは、マデリンの顔をじっくり眺めた。依然として、生者のあるべき姿よりずっと青白く、頬には消耗性の高熱で赤くなった箇所が二つある。彼女の肌が透明に近いという感覚に衝撃を受けた。もっと近くに立っていたら、血で満たされた細かい毛細血管の一本一本が見えたかもしれない。目は熱っぽい輝きを放っているが、さっき触れた彼女の手は、あの沼の水と同じくらい冷たかった。

カタレプシー。貧血症。「ここを離れるべきだ」わたしはふっと口にした。「ここは健康的な場所ではない。ロデリックに、きみをパリへつれ帰ってもらおう。いっしょに劇場や美術館へ行って、公園を歩いて、レモンシャーベットを食べよう」

マデリンはほほ笑んだ。わたしを見るというより、わたしを通してずっと遠くの何かに向かって、ほほ笑んでいるという感じだった。「レモンシャーベット。覚えているわ。最後に会ったとき、あなたが宣誓軍人になる前に、いっしょに食べたわね」

その日、いっしょに何を食べたかわたしにはまったく記憶はなかったのだが、とにかく同意した。「またいっしょに食べよう」

「ああ、イーストン」マデリンはわたしの腕を軽く叩いた。服の袖を通しても、彼女の手の冷たさを感じた。「やさしいのね。でも、わたしはこの場所にいるべきなの。あの沼まで下りていって、自分の罪を告白できなければ、死んでしまう」

「いったいきみが、どんな罪を犯せるというんだ?」冗談めかそうとするのだが、うまくいかなかった。「きみは、いつだって非の打ち所がなかったよ。きみのいとこを、川へたたき落とす手伝いもしてくれなかったし」

「そうだったかしら?」マデリンは、ふたたびわたしを通して何かを見ていた。「ひょっとしたら、罪深いことをしていたのは、夢の中でだけなのかもしれないわね」マデリンはもう一度ほほ笑んだが、それはあくびへと変わっていった。「許してね、イーストン。疲れたわ。しばらく横にならないとだめね」

「きみの部屋まで送るよ」と言って、わたしは彼女に腕を貸した。「この巨大な迷路のような家では、部屋の場所を教えてもらわないといけないけど、とにかくいっしょに行くよ」

マデリンがもたれかかってきたが、重さはまったく感じなかった。わたしは彼女を部屋まで送っていった。この世には、彼女をしっかりつなぎとめる力がもうないかのように、マデリンはふわりと浮かぶように部屋の扉を通っていった。

正しいと思った扉を三回試し、そのすべてがはずれた後、自分の部屋へようやく戻ると、願ってもない人物がいた。わたしの従者アンガスが、とっくに到着していたのだ。

「アンガス！」わたしは彼の前腕をぐっと握った。「着いたんだな！」

「ええ」アンガスは、するどい目でじっとわたしを見てきた。「元気のよい馬たちと、きちんと手入れされ人通りのない道を進むという、短い旅でした。まさしくわたしの限界を試す旅でしたぞ、だんなさま」

わたしは反省の色を見せずに、にやっと笑った。アンガスはわたしの前には父に仕えていたが、まだそれほど年齢を重ねていなかったその頃から、ずっと食えないやつだった。父が戦闘で死亡し、わたしが宣誓軍人になったときのことである。包帯で胸をぎゅっとしめつけ、頭を剃《そ》りあげたばかりの未熟な十四歳のわたしを、アンガスはじっと見つめてきた。そしてわたしの手を取って言った。「神は、愚かな者に目を配ってくれているかもしれませんが、もうひとり助けがいても害はありませんでしょう」

わたしが自分の軍籍を売り払ったとき、アンガスはいっしょについてきた。アンガスの口ひげと顎ひげはすっかり灰色になったし、体の色々な場所の痛みを参考に、精度の高い正確な天気予報ができる。だとしても、わたし自身を含めてどんな若い兵士より、アンガスのほうがすぐれていると思う。

　軍の仕事に就くと決めたとき、アンガスにはひどいスコットランドなまりがあった。けれど、すぐにそれを捨て、なまりのないガラシア語で話すようになった。だが、わたしですら、アンガスがそもそもどこ出身なのかは知らない。アンガスは、一度も故郷に帰りたいという希望を出したことはない。一度こちらから提案してみたら、たいそう怒らせてしまったので、二度と口にしていない。

「あなたが入れられた部屋を、侮辱と受けとるべきでしょうか。あるいは、彼らが最善をつくしていると考えるべきでしょうか？」アンガスが尋ねた。

　わたしは部屋をぐるりと見わたした。ロウソクの明かりより、昼間の光で見たほうがましな状況とはいえなかった。壁紙のほとんどはまだ無傷だったし、暖炉は機能しているが、じめっとした湿気が漂っている。巨大な四柱式ベッドはかしいで、ベッドカーテンはぼろぼろのガーゼみたいになっているし、アンガスの部屋へと通じる扉は膨張し、わき柱にはまりこんで動かない。「最善のことをしてくれているんだと思う」わたしは言った。「それから、火は、ほどほどにおこすようにするんだぞ。薪を買う余裕は、ここにはないだろうから」

「それはご命令ですかな？」アンガスはうなずいた。そしてわたしが上着を脱ぐのを手伝い、部屋全体に向かってしかめ面をした。「陰気な家だ。気に入りませんな」

「二人とも、気に入ってなんかないよ」わたしはうんざりした口調で言った。「わたしが、迷信深いたちではないと知っているだろう。でも、絶対にここには何か邪悪なものがあるぞ」

「まあ、わたしは迷信深いたちですがね」アンガスは言った。「それに、ここに何かがいるのはわかります。魔法ではありませんな。言ってみれば、ここは、荒野で悪魔がダンスをするのを見かけるような場所でしょうか」

「ここに荒野はないぞ。あるのはヒースが咲く野、小さい沼、キノコを夢中で描くイギリス人女性、といったところかな」

アンガスは眉を上げた。そこでわたしは、手ごわいユージニア・ポッターについて説明した。

「ああ、その手のかたですか!」アンガスは暖炉の火をかきたて、ベッドを温めるためのレンガを熱くしようとひっくり返した。「偉大で恐れを知らぬ、イギリスの年配女性のおひとりでしょう。登山をし、必要とあらば山頂でお茶をいれるかたですな。戦争のとき、イギリスが軍隊の代わりにこういうご婦人たちを差し向けてくれていたら、われわれはもっとうまく切り抜けておりましたな」

「荒野の悪魔ではないだろう？」

「うーん、そのかたにはまだお会いしておりませんからな。でも、そうかもしれんでしょう」アンガスは鼻であしらった。「キノコですと？」

「そうだ。気色悪いキノコもあったぞ。目の前で、彼女がそのひとつを枝でつついてくれたんだが、開いた墓穴と腐った牛乳の臭いがした。しかも、それはまだ熟していないと言ったんだ！」

「悪魔が歩くところに、キノコは生えると言いますから」アンガスは不機嫌そうに言った。

「それと、妖精がダンスをするところに」

「その二つの種族が、お互い見分けがつかないとでも思っているのか？　悪魔が妖精の舞踏会に現れる？　もしくは悪魔が、エルフの少女の群れにいつのまにか取り囲まれているとでも？」

アンガスは、眉の下からわたしをじろりと見た。「妖精について冗談を言ってはならんですぞ、だんなさま」

「ああ、わかったよ。悪魔について冗談が言えさえすれば、かまわない」

アンガスは低くうなった。これは、賛同はしていないけれど、わたしを止めるほどの関心はないときのアンガス流の表現である。そして「村人は、この場所を嫌っていますぞ」

と言った。

通り過ぎはしたものの、その村のことなどあまり頭になかった。よくも悪くもなく、そこはたんなる村だった。ルラヴィアによくみられる、小さな村のひとつだったし、ガラシアにあるすべての小さな村ともよく似ている。もっともこの村では、よろい戸に花の木彫りをあしらい、ガラシアでは、わたしたちはカブの木彫りをあしらっている（これは一般的な「わたしたち」のことを指している。わたしは、いままで一度もカブの木彫りをしたことはない）。

「この館が嫌いなのか？　それともアッシャー家をか？」

「館です。それどころか、村人はいまの一族を憐れんでいると言えますな。ロデリック卿の大おじ殿、またはこのぼろ屋敷を相続したかたが、債権者が差し押さえる前に村人に土地を売り戻したんです。ですから、村人はそのかたを懐かしく思っているんですな。〝うちのアッシャーさん〟と、村人は呼んでおります。そしてロデリック卿のことは〝アッシャーの若様〟と」

「それでマデリンのことは？」

アンガスはなんとも言えない表情をした。「〝気の毒なアッシャーのお嬢さん〟です」

わたしはため息をついた。アンガスが眉を上げる。「彼女は具合が悪そうなんだ」わたしは暗黙の誘いに乗って言った。「マデリンは死にかけている、と、ロデリックが考えた理由がわかるよ。たしかにマデリンは、死にかけているんだと思う」

アンガスは思いやり深いのだが、とりわけ女性に対してそれがあらわれる。「ああ、気の毒なお嬢さんだ」と、心から言った。「ここは、繊細《せんさい》なお嬢さんがいる場所ではありません。言っておきますが、荒野だろうとなかろうと関係なく、ここは呪われております」

「村人がそう言ったのか?」

「お笑いになるでしょうが、ええ、言っておりました。狩りのことで質問してみましたら、狩りはするなと言ってきました。この場所は、魔女ウサギだらけだ、と」

「魔女ウサギ?」

「はい、悪魔どもの顔なじみですよ。ウサギを一羽撃ったら、次の日には、心臓に弾が撃ちこまれた魔女が見つかるというわけです」

「その女にとっては、かなりついていない話だな。このあたりでは、いぼがある大勢のおばあさんが、銃で撃たれた状態で発見されるのか? それは本当に、警察隊の仕事に思えるんだけどな」

「はいはい、お好きなだけ疑ってください。しかし村人が言うには、野ウサギの行動がおかしくて、走り方を忘れているそうです。宿屋にいた男が、あるとき歩いていたら、一羽の野ウサギに出くわしたんだとか。その野ウサギはその場に座りこんで、まるで人間を見るのは初めてだといわんばかりに、じーっと見てきたと話していました」

「魔女は、人間を見たことがあるんじゃないか。それだと、おまえの説の裏付けになるかはわからんな」

アンガスは背筋をのばして立ち上がった。しかし、それほど身長は高くない。それでも威厳《いげん》はたっぷりだ。「魔女について話す立場ではありませんが、ここで野ウサギを獲るつもりはありません。それだけはお伝えしておきます。鹿も獲りません」

わたしは眉を上げた。アンガスは、あらゆる神の創造物を食べることをことのほか好んでいたので、この宣言はものすごい犠牲を払っているように思えた。「それなら、どうやって時間をつぶすんだ?」

「釣りに出かけるつもりです」相変わらず鉄壁の威厳をたたえたまま、アンガスは言った。

第四章

そういうわけで、わたしはアッシャー家にいた。ロデリックは、わたしの来訪をまったく予想していなかった――おそらく、彼が必要としているときにいてほしいと思える友人として、わたしを考えたことがなかったのだろう。もしかしたら、わたしを必要だと思っていなかったのかもしれない。たぶん、そうだろう。デントンは、わたしのことをどう判断してよいのかわかっていなかった。マデリンは……そう、死にかけていた。兵士が死にかけているかどうかわかるくらい、死にかけた人間の顔はこれまで十分見てきた。人間にはたまに驚かされることがある。ときおり、危機を脱することがあるのだ。けれど、この世に長くいないことを告げる、独特のロウソクのような肌の状態というものがある。マデリンの肌は、そういう状態になりはじめていた。明日、朝食の席について、夜の間にマデリンが亡くなったと知っても驚きはしないだろう。悲しくなるだろうが、けっして衝撃は受けない。

不安な気持ちになると、わたしはよく散歩に行く。座っていると、自分がのろまで愚かに思えるのだが、歩いていると、脳の中の何かが活性化するような感じがする。ライフル銃を持って行ったりきたりしながら警備の任務につくのが嫌だ、と思ったことはなかった。なぜなら、気楽に考えごとができたからだ。あえて正直に言うなら、そういうときは空想にふけっていたのだ。たいていは終戦後のことや、終戦となってわが国民が全員なんとか生き残り無事でいるという筋書きを、ぼんやり考えていた。ただし、集中砲火を浴びて動けないときだけは、そういった空想を続けるのは難しかった。

アッシャー家の館の大広間を、わざわざ歩きたいとは思わなかった。ぼろぼろの壁紙、点々としたカビの染み……熱っぽい目をした、白い髪のマデリン……このどれにもお目にかかりたくなかったのだ。それで早起きし、ホブに鞍《くら》を置いて乗馬に出かけた。

ホブは、いつもよりずっと熱烈に出迎えてくれた。もしかしたら、隣の馬房にいたデントンの馬がとんでもない話好きだったか、でなければ馬屋がひどく薄暗かったせいかもしれない。そこは清潔でしっかり乾いていたけれど、館の他のところと同じように、よどんだ空気が漂っていた。

ヒースが生い茂る平原の空気は、冷たくしっとりしていた。いつもなら、息苦しいくらい静まりかえっていると思っただろうが、後に残してきたものと比べると、そこには自由と開放感があった。霧が黒々とした沼の表面にへばりつき、さらに地面の窪みにたまっていた。しかしホブは霧の中をゆっくり駆けぬけて、悪夢の破片のように散り散りにしてしまった。

残念ながら、わたしの思いはそれほど簡単に雲散霧消しなかった。アッシャー家の兄妹《きょうだい》の体調は悪い。どんな愚か者でもそれはわかる。病気の者にとって、あの家は明らかに最悪の場所だ。瘴気《しょうき》だ、と、わたしの曾祖母なら言っただろう。もちろんいまは一八九〇年だし、そんなものを本当に信じている者はもういない。コッホ医師のおかげで、すべてが細菌のせいとされている。とはいえ細菌は、その場にぐずぐずとどまることができるものなのだろう？　世の中には、アッシャー家の館を浄化できるくらいの殺菌剤があるだろうか？

さて。わたしは、この問題にどう対処したものだろうか？

アッシャー家の兄妹に銃口を向けてパリへひきずり戻すなんて、とてもできそうにない。そんなことマデリンには耐えられないだろう。ロデリックはおそらく持ちこたえるだろうし、そうするほうがよいのだろうが、デントンは絶対に反対するだろう。それに命を助けるため、誰かを銃で脅すなんて、まさかできるわけない。そんなことをすれば、アンガスはすごく嫌味を言うだろう。

アッシャー家の館を焼き払う、というのは魅力的な考えだったが、同じく現実的な問題があった。わたしは顔をしかめた。ホブは歩みをゆるめ、鞍の上でわたしが体を動かしているのを感じとると、問いかけのつもりらしく片方の耳を後ろへ向けた。

「悪いね」わたしは言った。「今日のわたしは、よい相棒じゃないな」

ホブの耳は、ウマ科の生き物が肩をすくめるのと同様の思いを伝えてくる。馬は、世の中のことをそれほど理解しているわけではないが、特定の人間については恐ろしいほどよく理解している、ということをわたしは発見した。ロバは世の中のことをかなりよく理解しているけれど、人間についてはそれほどではない――またはもしかすると、人間が考えていることをたんに気にしていないだけなのかもしれない。いやはや、わたしはどちらの説も信じようと思う。

わたしとホブは、あの臭くて赤いキノコがぽつぽつと生えているところを避けて、田園風景の中を小走りで駆けていった。キノコは沼を過ぎるとしだいに数を減らし、ホブをふたたび館の方角へ戻すと、また増えていった。

キノコを見つけると、それといっしょに恐るべきイギリス人のレディーを見つけることがある。まず日傘がわたしの目に入り、やがてミス・ポッターがその下で腰かけているのが見えた。彼女は膝の上にスケッチブックを広げ、茶色い塊《かたまり》を熱心に見つめていた。

わたしはホブの背からすべり下り、手綱を鞍の上で輪状にして置くと「立っていろ」と言った。そんなことを言うまでもない、とホブの目は語っていた。なぜならこの荒廃した田園風景の中には、ホブが特に行きたいと思う場所はなかったのだ。

ミス・ポッターは、スケッチブックに軽いタッチで丁寧《ていねい》に色を塗っていた。小さなブリキ製の入れ物に入った絵の具を使っていて、わたしはスケッチブックの画用紙の何枚かの、水彩絵の具を塗ったところがたわんでいるのに気づいた。

「お急ぎでなければ、あとちょっとで、ごいっしょいたしますわ、将校さん」ミス・ポッターは言った。「絵の具が乾く前に、仕上げてしまいたいんです」

「どうぞごゆっくり」わたしは言った。「あなたの絵を邪魔しようと思うほどの急を要す用事はありません」

ミス・ポッターは、短く、せわしない感じでうなずくと、水彩画の上にかがみこんだ。

一時解散。わたしは、沼のほうへぶらぶら歩いていった。水は変わらず黒々としていて、それほど光を反射していない。沼の表面のまだら模様はくすんで見え、沼そのものが崩れかかっているようだった。沼の反対側には、アッシャー家の館がうずくまっている。

わたしは小石を拾いあげると、まだら模様のひとつの上に放り投げた。小石はその上に着地し、沈んでいった。さざ波はたちまち収まった。

沼の水面で水切りをしようと思った。石の最初の跳躍は十分で、適度なさざ波がたった。

ところが二回目の跳躍では、なんだかゼラチン質のようなものの上に着地し、そして石は水の中へ消えていった。

「あれは、藻《も》の敷物でしょうね」ミス・ポッターは、わたしのそばにきて言った。「沼は藻だらけなんです。ごきげんいかがですか、イーストン将校」

「イーストン中尉とお呼びください」わたしは言った。「または、よろしければ、ただのイーストンと」

「中尉」ミス・ポッターは、首をかしげた。わたしはほほ笑んだ。わたしが知っているたいていのイギリス人女性たちは、敵の集中砲火を三日間くらってから、ようやく名前の「イーストン」と呼ぶようなひとたちだ。そして彼女たちは「イーストン」と呼ぶようになったとしても、誰かが姿を現したとたん、「中尉」と呼ぶほうに戻るだろう。

沼は、わたしたちの足元に広がっていた。しんと静まりかえっている。この程度の大きさの沼なら、わずかなさざ波がたつことを見慣れているので、水面が平坦なままなのが落ち着かなかった。かすかに風が吹いたので、本来ならばさざ波がたったはずだ。風はわたしの髪の毛を引っぱり、ミス・ポッターの帽子のリボンをはためかせた。

「水中にキノコは生えますか?」わたしはふいに尋ねた。

こんな言葉がとび出したとたん、わたしは後悔した。まるで子どもの質問みたいだ。けれどミス・ポッターは、まじめに答えてくれた。

「こみいった質問ですね。簡単な答えは、たぶんわからない、ですね」

「たぶん?」わたしは視線をミス・ポッターに向けた。彼女は少し眉をひそめていた。

「たぶん。キノコの菌糸の網状組織は、完全に水中に沈んでいる状態を好まないようなんです。水槽の水に沈めた丸太で、キノコを栽培しているひとが何人かいましたが、水に入れられる前に、菌類そのものが丸太に存在していたのだと推測せざるを得ません。それに……」ミス・ポッターのしかめ面は、別の女性なら口をゆがめて嫌悪感を表す、というものに変わっていた。

「それに?」

「あるアメリカ人がいます」ミス・ポッターは、不快感をこめながら言葉を発した。「この人物は、自国の極西部地方の川の中に、ひだのあるキノコを見たと主張しています。けれど彼の報告書は、信頼できる専門家による立証がされていないんです」

いかがわしいアメリカ人が加入を許され、水中のキノコに関して報告書を書いているというのに、たんにしかるべき性器を持っていないという理由だけで学会から締めだされるのは、ひどく腹立たしいに違いない。軍に対し、似たような感情を抱いているイギリス人女性たちに出会ったことがある。そのひとりは、ガラシアに移住して宣誓軍人となり、軍の中で力をつけていった。

「水中でキノコが成長しない理由は、何かあるんでしょうか？　菌糸体の他に？」

「胞子《ほうし》は浮遊します」ミス・ポッターはさらりと言った。「それらは土手沿いに落ち着くかもしれませんが、川の底に沈んで成長することはできません。ヤシの木が海の底で育つでしょうか」

「なるほど」

ミス・ポッターは、沼の岸の小石を日傘で軽くついた。「つまり、キノコが唯一の菌類ではない、ということです。本当に多くの種類の菌類が世界には存在しています。わたしたちは、菌類の胞子がたちこめる中を日々歩いて、吸いこんでいます。胞子は、空気中、水中、地中、さらには人間の体に生息しているんです」

わたしは、いきなり吐き気がした。ミス・ポッターは、わたしの表情を読みとったのだろう。なぜなら彼女の顔に、珍しく笑顔が広がったのだ。「気を悪くなさらないで、中尉。ビールやワインには、酵母菌《こうぼ》が必要ですし、パンだってそうでしょう」

「おっしゃるとおりです。すると、水中に菌類はいる、ということでしょうか？」

「ええ、そのとおりです。大量にいます。何かに寄生していればだいたい気づきます。たとえば、魚とかに。水槽の魚に寄生する菌類は数多くいて、魚の体表で成長します。わたしの専門分野ではありませんが、三、四例は知っています。たいてい菌類は、でこぼこした斑点《はんてん》を生じさせるのですが、魚のひれの上で綿毛のように育っているものや、口や肺から第四のひれを生じさせているものを見たことがあります」

「なんとも悲惨ですな」わたしは言った。

「魚にとっては、たしかにそうだろうと思います。とはいえ、魚が気に病むような知能を持っているかは疑問です。もしかしたら魚は単純に、菌類は自分の一部だと考えていて、ひれが大きくなったな、と思っているかもしれません」

わたしは首をふった。「すると、この小さな沼、ここに菌類はいますか？」

「確実にいます。それを観察するには、顕微鏡《けんびきょう》が必要になる可能性がありますけれど」

「ひとつお持ちなのではありませんか、ミス・ポッター？　もしかして、その絵の具に交じって？」

ミス・ポッターはふたたび笑顔を見せたものの、それははかなく消え去った。「残念ですが、顕微鏡はわたしには分不相応です。拡大鏡で我慢しなければなりません」ミス・ポッターは、日傘でふたたび小石をコツコツとつついていたが、だんだん杖で叩くような感じになっていった。「菌類の世界にこんなに夢中になっているわたしのことを、少し頭がおかしいとお思いでしょうね。それでも、すばらしい世界ですし、大切なものでもあります。わたしたちの文明社会は、酵母菌をもとに形成されているんです」

「あなたの頭がおかしいだなんて、これっぽっちも思っていませんよ」わたしは言った。これは本心である。「わたしは、他人の情熱を自分のことのように楽しめるんです。これまでで一番おもしろかったのは、ある年老いた羊飼いが、羊の劣等品種について説いた論でした。菌類の話のほうが、ずっと一般受けしますね」

「絶賛ですのね」ミス・ポッターは、手袋をはめた片方の手でクスクス笑いを隠した。わたしは「虱《うじ》は羊の耳の中に隠れる、とんでもねえやつらだ！」の話しぶりを、思いきって物まねしたいと思ったが、恐れ多くもミス・ポッターに敬遠されたくなかった。その代わり、沼の向こうを見やると、沼に面した小さな扉に薄い白色のぼんやりした姿が見えた。マデリン？　使用人のひとりが白い服を着ているのでないのなら、きっと彼女に違いない。

その姿は、沼に向かってゆっくり下りていって、水辺に着くまで歩みを止めなかった。その姿が、実際に沼に触れているのかいないのか、わたしには見分けがつかなかった。ホブに飛び乗ってひた走り、彼女が沼に触るのを止めたいという衝動にかられた。彼女の状態では、足が濡れるなんて絶対によいわけがない。

あの水は、どんな健康状態であろうと絶対によいわけがない。けれど、わたしに何ができるだろう？

貧血症、とデントンは言った。わたしが知る限り、貧血症の治療によいのは赤肉である。アッシャー家には、赤肉の在庫はほとんどなかった。

カタレプシーを治療する方法は知らないが、赤肉なら調達できる。要は、どうやって食料貯蔵庫に運びこむかが、唯一の問題である。

わたしは、ミス・ポッターの絵を言葉を選びつつ褒《ほ》めてから、暇乞《いとまご》いをした。ミス・ポッターは、慣れた様子で褒め言葉を受け流した。「わたしは、けっこう絵が上手なんですよ。姪のビアトリクスに会われるとよいですね。わたしの倍の才能があって、芸術家の目を持っていますから。それにとてもうれしいことに、菌類学にも興味を持っているんです」

わたしは馬に乗って館へと戻ると、計画を実行するためにアンガスの姿を探した。

「では、おまえが撃ったということにしよう」その晩、館へ戻りながらわたしは言った。

「絶対に嫌です」アンガスが言った。「あなたの身代わりになって撃たれもしましょうし、お父上にも同じようなことをいたしました。ですが、あのお貴族様のために、わたしの銃の腕前を汚させるなぞ、断じて許しませんからな」

「お貴族様じゃない、ロデリックじゃないか。同じ塹壕《ざんごう》の向こう側で、いっしょに飯を食った仲だろう」

「あのかたは、いまはアッシャー卿です。われらがともにどれほど災難を乗り越えたとしても、関係ありません。この件で、わたしが責めを負うことはいたしません」

反論しようとわたしは息を吸いこんだのだが、アンガスがこう言い足した。「それに、このわしが交渉いたしましたな?」

わたしはため息をついた。アンガスのなまりはどんどん強くなっていて、これは絶対によい兆候ではない。「わかった、わかったから。とにかくいっしょにきて、説得力あるものにしてくれ」

これはばかばかしい計画だったが、かなり単純なものだった。居間へ入ってゆくと、ロデリックがピアノのところにひとりで座っていて、とりとめのない感じで弾いていた。

「ロデリック」わたしは言った。「申し訳ないが、告白することがあるんだけど」

ロデリックが顔を上げた。色の薄い眉がひそめられる。「告白? どういうこと?」

「えーと。今日の午後、アンガスとわたしが、狩りに行ったのは知っているだろう」

ロデリックはうなずいた。「うん、鳥を撃ちに行ったんだよね」

「えーと……」わたしは時間をかせぎ、深く息を吸いこんだ。「ロデリック、ろくでもない牛を撃ってしまった」

ロデリックは、わたしをぼんやりと見つめた。

「中尉には、あれは絶対に鹿じゃないと言うたんじゃ」アンガスの口調は、いつもよりずっとなまっている。「じゃが、こちらの中尉が、このわしの言うことを聞きますかな？　中尉に銃の撃ち方を教えたら、膝を撃たれてしまった、このわしの言うことを？」

「このあたりでよく飼育されている、小柄で茶色い牛の一頭だったんだ！」わたしは、腹立たしげに言った（怒っているふりをする必要はなかった。アンガスが大げさに話していたからである）。「その牛は、鹿みたいな色だったし、そんなに大きくもなかったし、頭を下げていたし……」

「あの寛骨《かんこつ》は、絶対に鹿のものじゃありませんでしたぞ！　それに、銃を完璧に手入れしておらんなら撃ってはならんと、教えましたぞ？　新兵なら、その横っ面をひっぱたいておるところじゃ。誰かを殺すより、よっぽどましじゃからな！」

「とにかく、ひとは殺してない」わたしは冷ややかに言って、ロデリックのほうをふり向く。「牛の持ち主には、その牛の値段の二倍を払った。けれど、この件できみが村人たちともめたら、本当に申し訳なく思う。本気で、あれは鹿だと思ったんだ」

アンガスは、口ひげの中で何かをつぶやいた。ロデリックの唇がしだいに痙攣《けいれん》し、肩が震えはじめる。

「とりあえず」わたしは、アンガスに厳しい表情を向けた。「一日か二日で、肉屋が配達してくれるみたいだ」

「肉屋が?」ロデリックは、甲高い、喉をしめられたような声で言った。

わたしは肩をすくめた。アンガスは、わたしの後ろで即興劇をしようとしていた。「中尉にはこう教えたんじゃ。自分で撃ったものを食べろと! お金持ち連中は、小さな生き物を気晴らしのために狩るやつらばかりで——どうぞご容赦ください、アッシャー卿——哀れな生き物は、撃たれたら、そのまま置きっぱなしじゃからな!」

「アンガスは、わたしに、牧草地で牛を処理させたんだ」わたしはロデリックに言った。

古い友人は、これ以上耐えられなかった。ロデリックは遠吠えのような笑い声を上げ、ピアノに背中からよりかかり、自分の胸をつかんで苦しそうに呼吸した。わたしは腕を組み、笑いをかみ殺した。

「アンガス……」ようやく笑い終えたロデリックが言った。「アンガス、このおいぼれ悪魔め。おまえはちっとも変わっていないな。牧草地で、牛を処理するだなんて!」こう言うと、ロデリックはふたたび笑いはじめた。

「わたしは」できる限りの威厳《いげん》をこめて言う。「ブーツから、汚れを洗い落としてこようと思うんだ。それと、ズボンと、他のところからも」ロデリックがピアノの上にくずおれるままにし、わたしは大股で扉へ向かった。その後ろからアンガスがついてきて、わたしが牧草地で牛を処理したことについて辛辣《しんらつ》な意見をつぶやいた。その内容は文句なしに適切なものだったし、記録のために言っておきたいと思う。

「ふう」聞こえないところまできてから、わたしは言った。「うまくいった」

「はい。笑うことは、あのかたのためになります。それに良質な牛肉は、お嬢様の体のためにもなるでしょう」アンガスの口調は、いつもどおりに戻っていた。「悪くない計画でしたな、若」

「本当にばかばかしい計画だったよ。でも、うまくいったな。牛のばら肉を館へ運ばせる、というだけのことが、難しかったからな」わたしは言った。

「若いほうの牛を手に入れられなかったのは、残念でした」アンガスは、やや悲しげに言った。「売りつけてきたあの牛の肉は、ブーツなみに硬いでしょうな」

「そのブーツを、喜びをもって噛みしめることにしよう」

「ええ、そういたしますかな」

夕食のとき、わたしは、ロデリックとデントンから盛大にからかわれるのに耐えた。マデリンが笑ってくれたからだった。「さてと、これは」テーブルの上の鶏肉を指し示しながら、ロデリックが言った。「鹿じゃないよね、イーストン。その点は、はっきりさせておきたいと思うんだ」

「まったくだ」

「それにぼくも、鹿じゃない」

「もちろん違う」わたしは、マデリンのほうに、あきれたという顔をして見せた。「鹿というのは、モーと鳴くやつのことさ」

マデリンは、クスクス笑っていた。相変わらずその笑い声は、病人めいたかさかさと弱弱しいものだったけれど、本当に機嫌がよさそうだったので、それでよいと思うことにした。

マデリンは、暗くなるかならないかのうちに、早めに部屋へ引きあげた。肉屋が犠牲となった牛の肉を実際に持ってきたら、貧血に効く牛肉をマデリンが十分食べられたらよいな、と思った。そしてわたしも、牛事件でくたくたになったと訴え、早めにベッドに横になった。

ところが、二時間後、わたしは依然として目を覚ましていた。牛の持ち主が、先刻わたしに言ったことをずっとあれこれ考えていたのだ。無視すればよかったけれど、目の端にひっかかったまつ毛のように残っている。些細《ささい》なことだが、イライラさせられた。

牛の処理を終えたとき――牧草地での作業にあれだけ愚痴《ぐち》をこぼしたけれど、わたしは手を貸していた。それというのも、牛は鹿よりずっと大きいのだ――農場主の年若い息子たちは、大量の肉を荷車に積んで肉屋へ運んでいった。農場主と、父親にそっくりな長男は、わたしのそばに立って見ていた。

「お兄さん」牛の以前の持ち主がこう言ったが、困惑しているようだった。

わざわざ彼の言ったことを訂正しなかった。なんとなく、男性だと間違われるほうが、女性として扱われるよりイライラしないですむ。それはきっと、誰もこの手にキスしてこようとしないし、誰も菌類学学会から締めだそうとしないからだろう。それに、こういう人物には慣れている。実直で善良で、狭い地域の中で生きているのだ。わたしは待った。

「あんたは、作業を怖がらないんだな」ようやく農場主が口を開いた。そして牛の残骸のほうへうなずいて見せた。

わたしはにっこり笑った。「お屋敷に滞在しているかもしれないが、わたしは貴族ではないんでね。のんびりと、皮をむかれたブドウを食べているわけではないよ」

「ふむ」農場主は、するどい眼差しでわたしをじっと見つめた。「あんたの部下が、あんたのことを褒めてたんだ。アンガスだよ」

これは喜ばしいことである。けれど、アンガスの褒め言葉を伝えるためだけに、農場主がわたしの気を引こうとしたとは思えなかった。わたしは、さらに待った。

「アンガスが言うには、あんたが野ウサギ狩りのことを話していたって」

「野ウサギのことが頭にあったんでね」わたしは認めた。「まず頭に浮かんだのは牛ではなかったんだ。だがそちらが一頭売ってくれる気になってくれて、感謝している」わたしがさらに感謝したのは、アンガスがこの男を見つけてくれたことだった。アンガスは、この農場主は噂好きではないし、アッシャー家の食料貯蔵庫用に牛肉を買うという内密の取り決めが、ロデリックの耳に入ることはないだろう、と言っていたのだ。

わたしが感謝すると、農場主は気にするなと手をふり、ふたたび沈黙した。わたしは牧草地を見わたした。アッシャー家の館の周囲の土地より、ずっと健全な姿をしている。草むらで虫が鳴いているのが聞こえ、丘の低木の茂みの中を鳥たちがパタパタ動き回っている。

「沼のそばにいる野ウサギたちは、頭がよくない」

わたしは首をかしげた。「そう聞いたと、アンガスが言っていたよ。野ウサギの行動がおかしいらしいな」農場主のことを、からかっていると思われたくないので、魔女ウサギについては言わないことにした。

農場主の息子が、ようやく口を開いた。「このあたりの野ウサギは、そんなにおかしくない。でも、お屋敷のほうに近づくと、やつらはおかしくなる」

「おかしくなる？　どんなふうに？」わたしは尋ねた。

「走らないんだ」息子が答えた。「動いたとしても、ゆっくりなんだ。以前、一羽のウサギに近づいたら、ようやく動きだしたけど、足の動かし方がわからないという感じで何度か転んでいた」

「病気みたいだな」と、わたしは言ってみた。**神よ、どうか、何をさしおいても、ここで狂犬病が発生していませんように。**

「狂犬病ではない。狂犬病になったやつが、ひとをじっと見てくるなんてことはない」農場主は、わたしに指を向けた。「やつらは見てくるんだ、いつもな。野ウサギが大きな目でこっちを見て、あんたが動けば大急ぎで逃げだす、っていうんじゃない。あいつらは、あんたのそばにやってきて、じっと見てくる。うちのかみさんが、前にここの下手《しもて》で一羽を見た。そいつは乳製品売り場のところまでくると、立ったまま、かみさんをじっと見た。そいつの動き方から、沼のそばにいた野ウサギの一羽だとわかったんだ」

わたしは、急に言葉が押しよせてきたので驚いてしまい、どう対応したらよいかわからなくなった。

「野ウサギの後を、一度ついていったことがある」息子が言った。「そいつは、歩きはじめはすごくうまくて、そのうち段をふみはずして、転んで空を蹴った。障害物を目にすると、立ち止まって、どうやってそれを乗り越えようかと考えていたよ。そして飛びこえることもなく、ぬかるみの中を歩いていった。おれは、そいつがどこへ向かっているのか、ずっと追ってたんだ」

「それで、どこへ行ったんだ?」わたしは尋ねた。

「わからない」息子は言った。「沼に着いたら、中へ入っていった。そいつは、泳ぎ方がわからなかったみたいだった。水底に横たわって、三インチの深さの水で溺れたんだ」


わけのわからない話だった。しかし、このことに関してわたしにできることは、ほとんどない。謎の病気がこの地域の野ウサギを苦しめているのなら、退役軍人《ベテラン》ではなく、獣医師《ネアリアン》の仕事になるだろう。

うとうとしながらさらに四十五分ほど過ごしていると、廊下から床板のきしむ音が聞こえてきた。その少し後、すぐ近くで二度目の大きなきしみ音がしなければ、気にもとめなかったかもしれない。誰であれ床板をきしませている者は、じつにゆっくりと動いていた。

誰かが、廊下をよろよろと通過しているのだ。わたしは一気に目が覚め、ナイトテーブルの上にある、いつも携帯している銃に手をのばした。

弾を込めた銃を枕の下に置いて寝るひとがいる。そのことについて、わたしがとやかく言うことはない。ただし、そんなひとといっしょのベッドでは寝ない。十九歳の頃、戦闘をいくつか経験し、自分はかなり鍛《きた》えられたし、世の中のことも色々学んだと思って、このわたしも枕の下に銃を置いて寝ていた。この習慣は、あの呪わしいブツが耳の下で暴発するまで続いた。もしも、枕の反対側の半分に頭を置いて寝ていたら、おそらくいま、あなたにこの話をしていないだろう。しかし、わたしは無傷で免《まぬが》れた。枕は爆発して羽根の嵐を引き起こし、弾はランプを吹っ飛ばしてクローゼットの扉にめりこんだ。宿のおかみから通りに放り出される前に、自分の荷物をつかむだけの冷静さは持ち合わせていた。おかみは、きっちり五分間わめいていたが、あいにくと、こっちは耳がまったく聞こえなくなっていたので、おかみの罵《ば》詈《り》雑《ぞう》言《ごん》の微妙な意味合いを聞き逃してしまった。けれど、おかみの身ぶり手ぶりはじつに明確だった。わたしの耳鳴りのはじまりは、きっと他ならぬこのできごとまでさかのぼるだろう。そのため、耳鳴りの原因についての責任を、自分以外に負わせることはできないのだ。

扉をほんの少しだけ開け、廊下の両側をじっと見た。誰もいない……ほんの一瞬だけ、白いものが床をひきずって進み、角を曲がって見えなくなった。

読者よ、以前に述べたとおり、わたしの霊感の感度は最悪である。幻覚を見ているかもしれない、もしくは幽霊を見ているかもしれないとは、思いもしなかった。誰かが夜中に廊下を歩いていたし、その誰かは実体があって生きているに違いない。

しかも、こう言ったうえで認めなければならないが、何かがわたしの過敏な神経に影響を及ぼしていたのは間違いない。そうでなければ、どうして弾を込めたピストルを手にし、追跡するなんてしたんだろう？　あれは十中八九、使用人のひとりだろう。使用人というものはどんな時間にも起きていて、確実に全員の靴が磨かれ、暖炉の火が燃えているようにしている。そういうものだが、これまでこの館では使用人はひとりしか見たことがない。でも、たぶんもっといるのかもしれない。だとすれば、どうしてあれが侵入者だと無意識に考えたのか？

そこでできる限り、こっそり行動したが、あまりうまくいかなかった。黒い床板がきしみ、あくびのような音を立てた。どうせならブラスバンドを雇い、行進曲を演奏してもらってもよかっただろう。廊下の角を曲がると、誰もそこにいなかった。

廊下には扉が並び、階下へ続く踊り場付きの階段があった。あの人物は、どこへでも行けるだろう。床板のきしみに耳をそばだたせると、かえって耳鳴りのうねりがわたしの中で鳴り響いてしまった（自分のいまいましい落ち度だ。耳を澄ますと、具合が悪い顎の筋肉がこわばる。そして毎回、耳鳴りがはじまってしまうのである。そんなこともうわかっているだろう、と、あなたは思っているかもしれない）。

耳鳴りはしだいに収まっていった。暗闇の中に立ち、何もないところに向かってピストルを構えていたわたしは、忍び足でベッドへ戻った。そして、本当に自分がまぬけだと感じていた。

第五章

翌日は、遅くまで寝ていた。牛の処理は本当に大変なのだ。ホブに乗って出かけると、デントンは、耳付きの張りぐるみの椅子みたいな、自分の去勢馬に乗ってついてきた。そしてわたしは威厳《いげん》あふれるミス・ポッターに、デントンを喜んで紹介した。ミス・ポッターは、あるキノコの胞子《ほうし》紋をとっているところだった。

「ああ」折りたたんだ傘によりかかりながら、ミス・ポッターは言った。「ドクターでいらっしゃるのね？」

「医学の分野のドクターですよ。恐れながら、菌類学ではありません」わたしは言った。デントンは、ばつの悪そうな様子を見せるという、礼儀をわきまえていた。ミス・ポッターは、彼のこの失態と、水中に生えるキノコという誤った主張をした国、アメリカ出身であるという不運、その両方ともを気前よく許した。

「こちらでは、アッシャー家の妹さんを診ていらっしゃるの？」ミス・ポッターは尋ねた。

噂話がヒースの野原一帯に広まる速さに驚いたとしても、デントンはそれを顔に出しはしなかった。「ですがまったくお役には立っておりません」デントンは言った。「この件は神の御手の中にあり、わたしの手にはありません。もしかしたら、神の御手にもないかもしれません」

この不信心な発言にミス・ポッターが動揺したとしても、その素《そ》ぶりは見せなかった。彼女は重々しくうなずき、話題を変えた。じつを言うと、話題をキノコに変えたのだが、わたしはそれを喜んで受け入れた。デントンもまた、赤傘オオクサダケの実演をお願いした。そして今回、わたしはかなり後方に立ったまま、馬たちを押さえていた。

どんなパントマイム役者も、この劇をもっとすばらしいものにはできなかっただろう――毅然としたミス・ポッター。まるで酸で攻撃されたかのごとく、顔を袖で覆っているデントン。わたしはこの様子を心から楽しんだ。

臭いが薄れた後、二人のほうへ馬をつれてゆく途中、草むらの中に一羽の野ウサギが座っているのが見えた。

わたしはその野ウサギを見た。野ウサギもわたしを見た。野ウサギらしく、完全に普通のようだった。つまり半分飢えた状態で、オレンジ色の目でじろじろと見てきたのだ。もしも奇妙な病気にかかっていたとしても、見てすぐにわかるものではなかった。

「おまえは魔女なのか?」わたしはその動物に、おもしろ半分に問いかけた。

答えは期待していなかったし、そんなものはなかった。野ウサギは、前足を胸にくっつけて後ろ足で座り、ただじっとこっちを見ていた。

「ほら行け、しっしっ」わたしは野ウサギに向かって手をふった。「野ウサギは撃たない、と、アンガスに言ったことを忘れる前に行くんだ」

野ウサギは動かなかった。

わたしは足をどんと踏みならしたが、まだ動かなかった。

三月ウサギは、もちろんみないかれている。けれどこのときは三月ではなかったし、三月ウサギのいかれ方はもっと活発である――はねまわり、なぐりあい、あらゆる方向に跳びまわる。だがこのウサギは、とにかくじっとしたまま動かず、そよ風がその毛皮を動かさなければ、死んでいると思ったところだ。耳をぴくっと動かすこともない。まばたきするところも見ていない。

野ウサギに向かって数歩進むと、ついに動いた。しかし、その動きはこれまで見たことがある、どの四本足の生き物とも異なっていた。野ウサギは前足を一本突き出し、自分の体をその足に向けてひきずっているようだった。それから、もう一本の前足を出す。それから後ろ足を一本出して、前足に追いつくと、それからもう一本の後ろ足を出す。それはまるで、切り立った崖をよじ上る人間のようだったが、その動きを地面でしているのだ。

やがて向きを変えると、ふたたび体を起こして座り、わたしをじっと見てきた。

「おまえには分別がないのか？」わたしは問いかけた。

まばたきをしないオレンジ色の目には、なんの答えも浮かんでいなかった。

野ウサギを撃つという、どう見ても早まった行動を起こしかけていたとき——そして、その考えが頭をよぎりはじめていたとき——ミス・ポッターとデントンがふたたび姿を現した。「ひとりごとを言っているんですか、イーストン？」デントンが尋ねてきた。

「野ウサギに話しかけていたんです」と言って、わたしは指さした。ところがふり向くと、あの生き物は姿を消していた。


肉屋はきちんと約束を守り、最初に届いた牛肉がその晩のテーブルを飾った。アンガスが予言したとおり、肉はブーツ用の革のように硬かったけれど、料理人がうまい具合にスープを作ってくれた。そしてマデリンが、ここ数晩に食べていた鶏肉よりもたくさん食べているところを、わたしは喜んで見ていた。

自分の部屋に入ると、アンガスが何やらうなり声をもらしていた。アンガスの基準からいっても、不機嫌そうである。

「今日の釣りは、ついていなかったのか？」

「おお、ついていましたよ。あれがついている、と言うならですが」アンガスは言った。結局、口ひげが、怒ったハリネズミのように逆立っている。「立派な魚を一匹釣りました。そんなに立派ではなかった、というだけですが」

「話についてゆけないんだけど、アンガス」

「その魚から、どろっとしたものが垂れ下がっていたんです」アンガスは言った。「まず魚の糞《ふん》かと思い、それから、腹からでてきた内臓かと思ったんですが」

「おいおい、魚のはらわたを抜くなんて、釣り針に何を使っているんだ？」

「自分の釣り針は、魚の口の中の、あるべき場所にありました。これまで釣り針を投げたときと同じようにみごとな投げでしたし、適切にリールを巻いて引き寄せました。魚の腹を割くと、中は全部ぬめっとしたフェルト生地みたいになっていて、尻から垂れ下がっている糸状のものも、ぬめっとしていたんです」アンガスは威厳たっぷりに言った。

これは本当に気持ちが悪い。その思いをアンガスに語った。

「ええ。呪わしい魚の異常な点は、こんなものです。二匹目を釣り上げましたが、何を見たと思います？」

「ぬめっとしたフェルト生地か？」

「どろどろしていました」アンガスは腕を組んだ。

「そもそも魚は、ぬるぬるしたチビの悪魔だ」と、わたしは言おうとしたが、アンガスが両目と口ひげから萎縮《いしゅく》光線を放ってきたので、抵抗をやめた。通常のスライムと、異常なスライムの違いを、アンガスは知っているだろう。わたしは、水槽の中の魚を襲う菌類について、ミス・ポッターが語っていたのを思い出した。「菌類の一種かもしれないな。おまえが望むなら、ミス・ポッターに尋ねることもできる。または、おまえが自分でミス・ポッターに質問してみればよいだろう。わたしの知る限り、彼女は、このあたりを元気よく歩き回ってキノコを観察している、ただひとりのイギリス人女性だ」

「互いに、手をふって挨拶しました」アンガスは言った。「彼女の邪魔はしませんでしたし、彼女もわたしの邪魔をしませんでした」

「手をふる、とはね！　それもイギリス人女性から、ということは、事実上の心からの握手だな。なにしろ、ミス・ポッターがもったいなくもわたしに話しかけてくれたのは、枝でキノコをつつこうとしていたからなんだぞ」

「神は、愚者の味方です。あなたの場合、どう見ても神は、イギリス人女性を臨時につかわしたんですな」

「神は、おまえをつかわすと思ったんだが」

「あなたは、二人がかりのお世話が必要なかたですよ、若」

ある考えが浮かんだ。「その魚を、食べていないだろうな?」

「食べるわけがないでしょう。このわしを、ばかだと思っとるんですか?」

わたしは、たまに気配りに欠けるのだが、そうだと言わないくらいの分別はあった。

「思ってない」そして自分の寝室へと引き下がった。その間、アンガスはぶつぶつ言ったり、魔女ウサギや釣った魚についてぼやいたりしていた(野ウサギと出くわしたことを、アンガスに話そうかと思った。でも、何が言える? 野ウサギがこっちを見てきたが、奇妙だったと? その動き方が、かなりおぞましかったと?)。

部屋の中は冷えていた。誰かが部屋の扉の前を通り過ぎ、床板がそっときしんだ音を立てたのを聞いたとき、わたしは服を半分着たままだった。今回はベッドからとび起き、隠密に行動するというのをまったく無視すると、扉を勢いよく開けた。

ほら! 白い人影が、ちょうど消えたところだ。ロウソクをさっとつかみ、その後を急いで追いかけ、昨晩その姿を見失った角にたどり着く。姿が見えた。闇の中で、幽霊のように青白い。どの扉にも入らず、階段の吹き抜けのほうへ目的をもって進んでいる。

白い服を着た人物だ、と、わたしは思った。使用人ではない。ロデリックが、死装束によく似た制服を使用人たちに支給していなければ、の話ではあるが。それはロウソクを持たず、のろのろと足をひきずりながら進んでいた。一歩一歩、おかしな止まり方をするのだが、それでいて動きは素早く、暗闇が苦になっていなかった。

わたしが近づいても、気にならないようだった。ようやく追いついたとき、それは階段を下りているところで、幽霊のような白さを通して、特徴を見分けることができた。白っぽい髪の毛、ゆるく落ちる白い服、肌はかなり青白く、透けてみえるほどで……。

「マデリン？」と、わたしは問いかけた。

彼女は、小さな袖付きのネグリジェを着ていた。そのときまで、マデリンがいったいどれほどやせてしまったのか、わたしは気づいていなかった。ネグリジェは彼女にひっかかった状態だった。もっと体格のよい女性がまとっていたら、ささやかに身を覆う程度だったかもしれないその寝間着は、マデリンの鎖骨《さこつ》のずっと下までずり下がっている。あくびで大きく開けた口のような袖ぐりは、あばら骨をちらりと披露してしまっていた。あばら骨が肌からあれほど浮き出て見えるのは、影のせいであってほしい、とわたしは祈った。

下へ向かって、マデリンは足をひきずりながらもう一歩踏みだした。両手は、両わきにだらんとぶら下がっている。目は開いていて、右から左へとせわしなく動いている。ただし、焦点が合っているかどうかはわからなかった。夢遊病なのだろうか？

「マデリン……」わたしは周囲を見わたし、誰かが姿を現して、彼女のこんな寝間着姿を見ることがありませんように、と願った。デントンはまずいし、アンガスだってまずい。

「マデリン、わたしの声が聞こえるかい？」

マデリンは返事をしなかった。夢遊病の者を起こしてはいけない、というのが常識だが、女性をひとりで真っ暗な家の中を歩かせてはいけないというのも常識である。しかも床は傷み、翼棟《よくとう》は崩壊し、三十フィート落ちたら沼へ真っ逆さまというバルコニーのある家の中を、歩かせてはいけない。「マディ、頼む、起きてくれ」

やがて、マデリンはわたしを見た。彼女がわたしを見ているのか、もしくはわたしを通して何かを見ているのか、わからなかった。彼女の唇がすぼまり、半ば口笛のような、半ば質問のような音がもれだした。「だああああれ……？」

「イーストンだ」と言ったものの、彼女がわたしに話しかけているのか、彼女の夢の中の何かが作用しているのか、よくわからなかった。マデリンはもう一歩前へ踏みだした。わたしは彼女の腕を取ったが、もう少しで放しそうになった。彼女の肌は空気ほどのぬくもりしかなく、彼女がどう見ても生きているのでなかったら、死体を触ったと思っただろう。たぶんそのせいで、思っていたより強い口調で話しかけていた。「マデリン！」

マデリンがつまずいた。まっすぐ立たせておこうと思い、彼女をぐっとつかんだら、わたしの指の下にある肌が、かなりたるんでいると感じた。ああ、どうしよう、あざを作ってしまっただろうか？

マデリンの腕に触れている自分の手を見下ろし、さらに動揺してしまった。

女性の腕の産毛《うぶげ》について考えることが、実際どれくらいあるだろうか？　ほぼ頭に浮かんだことはない。とりわけ毛深いか、濃い産毛の持ち主である女性なら、悩ましい問題だと思うのかもしれない。けれど、わたしの産毛はそういう心配を何十年もしないですむ程度の濃さだったし、姉たちもそんなことを話題にしたことはない。年配のひとたちにすれば、産毛はたんに消えてなくなるものである。

マデリンの産毛は明るい白色で、髪の毛と同じ色をし、同じようにあてどなく漂い、ふわふわ浮く性質を持っていた。産毛と比べると、彼女の肌はピンクに近い色をしている。わたしの手は信じられないほど日焼けしていて、白い糸状のものが、色の薄い水草の一種のような感じで、わたしの肌の上で揺れていた。

「ほら」恐怖を押し殺して言った。「さあ、きみの部屋へ戻ろう。外にいるのは寒すぎる」下を見て、マデリンが裸足だとわかった。わたしのスリッパでは、石の階段から冷気を遮断するのは無理だった。だから、彼女の足がどれほど冷えているのか、とても想像できなかった。抱き上げて運んでもよかったけれど、もっと怪我をさせるだけでよいことはないかもしれないと、おじけづいてしまった。「行こう、マディ」

マデリンは、何か単語のようなものを息とともに吐きだしたが、なんと言ったかわからなかった。それから彼女の目がロウソクの炎の中でぐるぐる回ったので、わたしは彼女が卒倒するのではと思った。空いているほうの手で彼女をつかもうとしたけれど、マデリンは体をまっすぐにして言った。「ロデリック？」

「いや、イーストンだ」

「あら……」マデリンは顔を上げ、まばたきをした。ロウソクの光の中で、彼女の目は大きくなっていた。「ああ、そう、そうよね。こんにちは、アレックス」彼女は、顔のほうへ鳥のかぎ爪ような片手を上げた。

「きみは、夢遊病で歩き回っていたんだ」

「わたしが？」マデリンはあたりを見わたした。「わたし……そう、そうね。きっと夢を見ていたんだわ」

「きみの部屋までつれてゆこうか？」

彼女は階段をのぞきこんだ。「そんなこと、しなくていいのに」

「頼むから」わたしは言った。「わたしが安心できるんだ。寒いからね。それに、きみがカチカチに凍っているかもと考えながら、夜中ずっと起きていることになる。そして朝になって、エルギン・マーブル（大英博物館にある古代アテネの大理石彫刻コレクション）のひとつみたいになっているきみを、家の者が見つけることになるだろう」

マデリンは、わたしの狙いどおりかすかな笑い声を上げた。「頭がない像には、なりたくないわね」

「階段を転げ落ちて、きみの頭がこなごなになったら、責任は持てないよ。ほら行こう」

わたしは、マデリンの腕の下に自分の腕を差し入れ、そっと力を入れて引っぱり、階段の上へと戻した。

あまり気乗りしない感じで、マデリンはついてきた。それでもまだ、肩ごしに階段のほうを見ている。「アレックス、本当に平気だから。面倒をかけて、ごめんなさい」

マデリンの視線をとらえると、その表情にはどこか奇妙な、何かをごまかそうとするようなところがあった。彼女の腕を、ほんの少しだけ自分の腕にぎゅっと引き寄せた。彼女が突然逃げだすかもしれないという、突拍子もない、くだらない考えにとりつかれたのだ。それでも部屋の扉まで付き添ったし、マデリンはわたしの隣で歩調を合わせて歩いてきた。

「きみが夢遊病だって、メイドは注意を受けているはずだよね」彼女を放免しながら、わたしは言った。

「わたしのメイド……そうね……」マデリンはそう言って、戸口から部屋の暗闇の中へゆっくり漂っていった。わたしの足と心は、自分の部屋へ戻りながらずっしりと重たくなっていた。

眠れない、とわかった。凍える寒さにもかかわらず、空気が、急に重苦しくむっとしたものになっていた。ベッド周りの掛け布は、巨大なキノコのひだで、目に見えない胞子をわたしの顔にポタポタ垂らしているのだ、と想像した。うえっ。マディが夢遊病で歩き回るのも、無理はない。

ベッドカーテンを横にぐいっと引っぱり、部屋着をひっつかんだ。もしかしたら、新鮮な空気が助けになるかもしれない。大気中のいたるところに菌類の胞子があると、ミス・ポッターが親切にも説明してくれたのだが、わざわざ見なければ、無視できる。

扉を開け、ホールの端にあるバルコニーのほうへどうにか進むと、そこから沼を見下ろした。

沼は、映しだされた星でひしめいていた。沼の奇妙な水は、それらの星々をわずかに緑がかったものにし、見ているとかすかにちらついていた。おそらく、水面のさざ波のせいだろう。これまで見ていたとき、この不気味な沼がさざ波をたてたことはなかった。わたしは水面から目をそらし、上を見上げ、よく知っている星座から頼りになるものを探そうとした。

星は、ひとつもなかった。

少なくとも三十秒は、目をこらしていたと思う。その間、星はひとつもないという情報が、ゆっくりとわたしの脳内をめぐっていった。曇った夜だった。空は濃い灰色をし、銀色の月が雲を通してぎりぎり見えている。

ふたたび下を見やると、沼は星でいっぱいだった。


かつて地中海で船に乗ったとき、青い光を放つ何千もの極小の欠片《かけら》で海が輝くのを見たことがある。一等航海士は、プランクトンだとわたしに教えてくれた。発光するプランクトンだと。彼が立ち去ると、水兵のひとりが言った。「彼の言うことに、耳を貸さないでください。海の底で、死者がランタンをかかげているんですから」

沼の光は、あのときの海の光とよく似ていた。ただし、青いというよりもっと緑色をしている。識別できないエネルギー源を持つ、何百もの光を放つ小さな個体である。発光性のプランクトンか？　沼に発生するのだろうか？　まったくわからない。きっと、ミス・ポッターなら知っているだろう。

手すりの端をぐっとつかんだ。じっと見ていると、光のくり返しパターンがだんだんわかってきた。かすかな点滅には順番があり、ただの水の運動ではない。小さな個体が光を放ち、それが弱まる。そしてその隣の個体が同じことをし、進む方向に沿ってジャンプしながら光が姿を現す。それからまた、最初から同じことがくり返される。

いくつもの光が、平たくていびつな、何層もの薄い板状のものの輪郭《りんかく》をなぞっているように見えた。それらいびつな形のものは水中で角を底にして立っている。わたしは前へ乗りだし、目をこらして深いところをじっと見た。すると、水の奥に実際に何かがあるようだった。水の他のところと比べて、髪の毛一本ほどの差で光を反射する何かがある。もっとも、それは透き通った物質だったのかもしれない。ガラス板？　またはゼラチン状のもの？　なんであろうと水面の一部をなしているものが、日中は水面を曇った見た目にしているのか？

雲の後ろから月がじりじりと姿を現したが、光は長くとどまらなかった。むしろ、水中のものはいっそう明るく輝き、さらに狂ったように光を強めた。藻類《そうるい》。ミス・ポッターは、軽蔑をこめて言っていた。藻類にはゼリー状の葉がついていて、その輪郭を光がなぞるものだろうか？

地中海で見た光は美しかった。ひょっとしたら、この光を船の上から見れば、同じく美しいと思ったかもしれない。しかしこの暗くわびしい沼の中、この薄気味悪い荒廃した土地では、不快なものがもうひとつ増えたにすぎない。もしかすると、あるいはこれがマデリンの不調の原因かもしれない。彼女は足を沼にひたしていた。それにあんなものが、水中にどんな毒をにじみ出させているか、見当もつかない。

わたしは沼に背を向けた。背後では、不安そうな銀色の月の下、沼が脈打ち、躍動し続けていた。

第六章

翌日は、よい一日だった。わたしがこう言うのは、他の日と比べて、目立ってずっとよい日だったからだ。館は、相変わらずじめっとして薄暗かったし、わたしたちの周りで崩れかけていた。マディとロデリックは、相変わらず棺に向かって歩く二体の死体のような有様だった。デントンは、相変わらずわたしが部屋に入ったとき、立てばよいのか座ったままでよいのかわからず困っていた。とはいえ……よい一日だった。ロデリックがピアノを弾き、わたしたちはいっしょに歌った。マディも、か細い声をどうにか出していた。そしてわたしは、最初の一行より後の部分の歌詞を誰かが歌ってくれたら、『ガラシアは進む』のサビのところで大声をはりあげることはできるのだ。デントンは、わが国の歌をほとんど知らなかったし、わたしたちは彼の国の歌を何も知らなかった。けれど、そんなことはたいした問題ではなかった。デントンは、ジョン・ブラウンの亡骸（『ジョン・ブラウンの亡骸』南北戦争時に北軍の兵隊の間で流行した歌曲）について歌い、わたしは十分大声を出せることができる箇所を狙い、絶妙なタイミングで「栄光を、栄光を、ハレルヤ！」と歌った。

ところで、ロデリックはピアノの天才であった。わたしたちは、くたくたになるまで流行歌をでたらめに歌い、その後ロデリックは、偉大な作曲家たちの感動的な曲を演奏した（モーツァルト？　ベートーヴェン？　どうして質問するんだ？　あれは音楽だったし、「ダ、ダ、ダ、ダーン」だった。わたしにこれ以上、何を言えというのだ？）。

あれは楽しかった。ひとは幸福や喜びにしがみつくものだが、楽しさにはとかく心が魅《ひ》かれるものである。それに楽しさは、概して安易に手に入る。わたしたちは、楽しい時を過ごした。マディは笑って手を叩き、頬は色づいていた。牛肉がなんらかの効果をもたらしたのであってくれと、心底願った。たとえ、料理人が迫撃砲を使い、あの生き物を柔らかくする必要があったとしてもだ。

マディは寝室に下がり、わたしはリヴリットの瓶を一本開けた。リヴリットは、ガラシアの特産品である。それはつまり、他に類を見ないくらい恐ろしい代物ということだ。ウォッカにかなり近いけれど、ウォッカにしてみればリヴリットと似ているなんて恥ずかしくて言えないだろう。リヴリットは、山に生えるクラウドベリー（野生のキイチゴ）で甘さを加えていて、そうすることで実際に口当たりはよくなるだろうが、それでは飲めたものではないので地衣類《ちい》も材料に加えているのだ。その結果生まれた飲み物は、まず甘いシロップのような口当たりで、後味に苦みが残り、最初から最後までずっと燃えるように感じる。

本当に好きな者などいないけれど、伝統的に寡婦たちが生活のために造っているので、みなが飲んでいるのだ。寡婦のおばあちゃんたちが山登りをしたり、岩から地衣類をこそげとったりできるのに、飢え死になんてさせられないからである。

わたしの知るガラシアの陸軍兵は、みなが少なくとも一本はリヴリットを携帯している。この酒を携帯することで自分も、愚かな国と地図のため勇敢に戦う軍人の、偉大で栄誉ある伝統の一部なのだと、思い知るのだ。将校だったわたしは、瓶だけ抱えた気の毒な呑兵衛の兵士と遭遇した場合に備え、三本携帯していた。

みなでガラシアとルラヴィアに乾杯し、デントンは息を詰まらせた。ロデリックとわたしは、リヴリットに対するこのきわめて正常な反応に歓声を上げた。それからアメリカに乾杯し、デントンはその日、味蕾《みらい》を失った。さらに、マディの美しさや戦死した仲間たちや、軍隊の愚かさなどにも乾杯した。

やがてわたしたちは解散し、寝ることにした。そしてそれが、アッシャー家の館での、ありふれた日常の最後となった。

わたしの部屋の外の床板がきしむ音を耳にしたのは、ベッドに腰かけてブーツを脱ごうとしているときだった。本当にこんな遅い時間に？　とはいえ何時間も酒を飲んで大騒ぎをしていたから、眠っていたマディがまた夢遊病で歩き回りはじめるだけの時間はたっている。わたしはブーツに足を入れ直し、扉を勢いよく開けた。

「あれ」わたしは、ハッとした。「あなたか」

デントンは、少し驚きながらわたしを見てきた。「誰かを待っていたんですか？」

「マデリンかと思ったんです」遅ればせながら、それがどう受けとられるかに気づいた。これではマディが、真夜中にわたしの部屋を訪ねてくるのを待っていたように聞こえる。

「前の晩、マデリンが夢遊病で歩き回っているのを見つけたので」

「本当ですか」デントンは顔をしかめた。「そんなことをしていたとは、知りませんでした。マデリンが玄関ホールを歩くだとかなんだとか、ロデリックが言っていましたが、わたしが考えていたのは……」

「わかります」わたしは後ろ手に扉を閉めた。「彼女は、助けもなしにそんなに歩けそうにない。どこかで気絶したり、転んだりするかもしれないと、心配だったんです」

「起こしたんですか？」

「ええ。夢遊病で歩いているひとを起こすものではない、というのは知っていますが、マデリンはわたしにお礼を言ってきた。夢を見ていたんだ、と言っていましたよ」

「この場所が、悪夢を生みだすんですよ」デントンの口調は、思いがけずひどくいらついていた。「外の空気が必要だ」

「お供しましょう」と、わたしは言った。リヴリットの酔いは醒《さ》めかけていて、息苦しい自分の部屋にいたくなかったのだ。沼を見下ろすバルコニーに魅力は感じなかったけれど、デントンもあの奇妙な光を見るかもしれないと頭の片隅で思った。「わたしも、よく眠れなかったんです」

屋外に出てからすぐ、わたしは質問した。「この場所が悪夢を生みだすとは、どういう意味でしょうか？」

「ロデリックです」石の手すりに寄りかかりながら、デントンが言った。「彼が、悪夢を見ると訴えているんです。壁から悪夢が生まれるのだと言っています」

壁については何もわからなかったが、沼が悪夢を生んでいるところは、ありありと思い浮かべることができた。現時点では、沼の水はいかにも無実だといった様子ではあるが、あの奇妙で透明な板状のものと、さざめくような光の輪郭《りんかく》線の記憶が忘れられない。

「あなたは悪夢を見ましたか？」デントンのようによく知らない相手には、普通ならしない質問だ。けれど、昼間は絶対に語らなくても、飲んだ後の暗闇の中、二人の戦争経験者だけが話せることがある。

「昨晩、悪夢を見ました」デントンは、わたしのほうを見ないで答えた。沼は星を映し、暗くしんとしている。「外科治療用のテントに舞いもどっていて、手足を切断していました。戦闘の後で……ライフル銃の弾が手足を撃ちくだいたあの様《さま》……一日で、何十本も切り落とすんです。雑役係のひとりが、切断した手足を外へ運んでいて、でも、兵士たちが出血死する前に、急いで作業する必要があったので、結局はテントの外に山積みになっていました。わたしはその山を見つめていた。本当にたくさんの切断された手足がありました。けれど、その手足は生きていたんです。動くんです」

「なんてことだ」わたしはぞっとした。

「まだ生きていました。それで気づいたんです。あれらの手足を、切断すべきではなかったんだと。元の持ち主のところへ持ち帰れたら、つけ直すことができる。あのひとたちを、ふたたび元の姿にすることができる。ですが、手足はあまりにたくさんだったし、それに助けてほしいと訴えてくる兵士は大勢いました。どの手足が、どのひとのものかわからなかったし、ひとが多すぎて、わたしは誰ひとり助けられなかった……」

デントンの声は、しだいに小さくなっていった。わたしは身震いした。「残念です」

「戦争に関する夢を見ることは、もうそんなにありません」デントンが言った。「ずっと昔のことです。あなたにとっての戦争より、わたしにとっての戦争は、ずっと昔のことなんだろうと思います。けれどあなたが、いつも戦争の夢を見るということはないでしょう。そんなに気にしていない、というのであれば」

わたしはうなずいた。あえて否定する気は、さらさらなかった。軍人でいることにかけて、わたしは優秀だった。他の何者であるより、ずっと優秀だった。それにいつも考えていたのだ。くだらない血みどろの戦争をはじめるなら、戦闘に長《た》けた者を受け入れるほうがずっとよい。何が期待されているかわかっていて、避難するためにいつどこへとびこむかわかっていて、いつ走るかわかっている者たち。相棒が弾を食らったときがどんな感じかわかって、口をぽかんと開けてつっ立っていることなく、止血することができる者たち。

しかし、ある種のことに長けているということで、支払う代償もある。わたしの夢のほとんどは、背景が戦争である。わたしが育った家、田舎の祖母の家。そして、まるでわたしが住んでいた場所であるかのように登場する戦争。夢の全部が、悪夢だったかどうかはわからない。たまに、ちょうど夢がはじまるところで終わる、ということもある。

デントンはわかっている。ロデリックはわかっているかもしれない。わたしにはわからない。ロデリックは、いつもびくびくしていた。それが悪いわけではない。臆病であることは、生き残れるということでもある。それはまた、すぐにへとへとになって、自分の部隊の仲間たちをいらつかせるということでもあるのだが、ひとはそれぞれ自分のやり方で対処している。ロデリックは、職業軍人になろうと思ったことはなかったし、それはそれでよい。みなが職業軍人になる必要はない。理想を言えば、誰もそんなものになる必要がなければよいのだが、それは今日、取り組むには大きすぎる問題である。

わたしは、しんとした水面を見下ろした。今夜は、輝きは見られない。あれは夢だったと自分に言い聞かせられるだろうか。**この場所は、悪夢を生みだす。**

だめだ。自分が見たものはわかっている。わたしは、それほど想像力が豊かではない（かつて、あるフランス人女性が、わたしには詩心がないと語っていた。彼女にみだらなリメリック（滑稽五行詩）を朗読したら、わたしの頭に向かってレモンを投げつけてきた。パリは最高の街だ）。夢と起きている状態をもはや区別できなくなっているとしたら、わたしのどこかがおかしいのだし、同様にアッシャー家の者たちもおかしいのだ。

「この沼をどう思いますか?」ふいにデントンに尋ねてみた。

「気が滅入りますね」デントンは言った。ふられた会話の内容が切り替わっていて驚いたとしても、何も言わなかった。「自然のままの山の沼なら、絵のように美しいものだと思っておられるんでしょう」

「ガラシアにある沼は、そうですね」

「国境地帯には、一度だけ立ち寄ったことがあると思います。よろい戸に、カブの木彫りをほどこす国なんですよね？」

わたしはカブを擁護《ようご》しようとモゴモゴつぶやいてから、水をじっとのぞきこんだ。「水面が、正しく映しだしていないみたいなんですよ」

「沼のですか？」デントンは手すりの上から前へ乗りだし、下を見つめた。「そうかもしれませんね。または、映しだしているものがとにかく暗くてうっとうしいから、うまく反射していないのか。わかりません。アメリカのある種の泉を思い出します。ミネラル成分が溶け出して幻想的な色をしていて、そこの水を飲めば死にます」デントンは体を起こした。「ですが、いまとなっては、この水を飲んでしまったんだろうと思います。なにしろ館は、この沼からすべての水を引き入れているようですから」

わたしは顔をしかめた。そのことは、まったく考えてもみなかったのだ。この小さな沼の中の何かがマデリンを汚染したとして、それがいまではわたしたち全員の血管に流れている。想像だとわかっていても、少し吐き気がした。「昨晩、この沼の中に光を見たと思ったんです」

「光ですか？」デントンはわたしをぼんやりと見て、驚いていた。何も言わなければよかった、と思った。間違いなく、リヴリットのせいでおしゃべりになっているようだ。

「星を映したようなものでした。ただし曇り空でしたから、星はひとつも見えませんでした。わかりません。それに一度見たときは、点滅しているようでした。海でたまに見かける光を思い出しましたよ」かなり控えめにこの件を話したのだが、声に出して言うと、完全にいかれているように聞こえる。まずミス・ポッターに話して、お守りとして科学的な見解を得るべきだった。「このあたりを散策し、キノコの絵を描いているイギリス人女性の考えでは、水中にある種の藻《も》が生息しているのだとか」

「ふむ」デントンは水の中をのぞきこんだ。「それを聞いても驚きませんね。この沼の中なら、どんないまいましいものでも生えるでしょうし、それに驚きはしませんよ」

デントンといっしょに、手すりの端から下をのぞいた。暗くしんとして、ひっそりしている。

「数か月前、マデリンは、この沼で溺れ死にかけたんです」デントンがうわの空で言った。

「なんだって？」

「ロデリックから、聞いていませんでしたか？」ほんの一瞬、デントンは、自分も何も言わなければよかった、という顔つきをしてから肩をすくめた。「マデリンは、何も覚えていないとはっきり言っています。発作が起きて、沼に落ちたのだと。ロデリックは、彼女を水から引きあげたとき、確実に溺れ死んでいると思ったんです。けれど、皮肉なことに、カタレプシーのおかげで彼女は命が助かったようなんです。肺に水が全然入っていなかったんですよ」

「なんてことだ」沼の岸辺にいた、マデリンのぼんやりした白い姿を思い出した。どうしてマデリンは、いまだにあそこへひとりで行くんだろう？　彼女にこのことを話すべきだ。とはいえ、きっと彼女は危険だとわかっているはずだ。

自分の考えで頭がいっぱいになっていて、水の奥で瞬《また》く緑がかった光を、すんでのところで見逃すところだった。「あそこ！　見えましたか？」

「何か見えました……ほら、また！　ああ、もう」デントンが手すりからぐっと身を乗りだしたので、彼をつかんで引き戻さなければならないのか、と思った。「うーん」

二人でしばらく水の中を眺めていたが、それ以上の光はもう見えなかった。しばらくしてわたしたちは別れて、それぞれの寝室へと戻った。デントンがどうだったかはわからないけれど、わたしにとって、やはり眠りにつくのには長い時間がかかった。

床板がきしむ音をふたたび耳にしたのは、早朝だった。やれやれ、呼び鈴より、血みどろの戦いのほうがましだ。今回は、ひきずりながら歩くゆっくりした足音だったので、デントンのものではないとわかった。

数時間、なんとか眠ることはできていた。そして認めるのを恥ずかしく思うが、ほんの一瞬、そのまま足音を無視してふたたび眠ろうと思った。リヴリットは、慣れた者にとっても、希釈した密造ウイスキーのような強い刺激をもたらす。しかし、騎士道精神がわたしに起きろと命じた。なにしろ、あの柔らかでためらいがちな足音は、マディのものでしかあり得なかったからだ。

わたしが部屋着を羽織った頃には、マデリンはホールを通り過ぎていたけれど、それは問題なかった。彼女の行き先は、よくわかっていた。階段を半分下りたところで、わたしはマデリンに追いついた。

マデリンの歩みは、こわばった奇妙なものだった。歩きはじめと終わりが、おかしな体勢になっている。その姿は何かを連想させるのだが、それがなんなのかは思い浮かばなかった。もっと重要なのは、マデリンは階段での動作がゆっくりだったということである。彼女は階段から簡単に落ちるだろう、と思うと、わたしの胃がぎゅっと縮まった。

「マデリン、また夢遊病で歩いているよ」

マデリンはふり向いて、わたしを見た。またしても彼女の目は明るく輝いていたが、焦点は合っていない。「だあああああれ」と、彼女は息を吐きだした。

「わたしだ。イーストン。覚えているかい?」

マデリンは、頭を左右に大きく揺らした。厳密に言うと、頭を横にふっているようには見えなかった。彼女の首全体が動いていたのだ。ホブが頭をふって、ハエを追いはらう仕草を思い出してしまった。「おおおお…ぎる…」また別の、左右に揺れる動きだ。

おお、ぎる？

だんだんわかってきた。**多すぎる。**マデリンの唇はこわばっているようで、「す」の音はほとんど出ていなかった。と同時に、他の音は引きのばして発音している。多すぎる。何が、多すぎるんだ？

「だあああれ？」マデリンはわたしのほうへ手をのばし、指さしている。

言葉が多すぎるのか？　それで、簡潔に言おうと思った。「イーストン。イイイストトオオン」

どうやらマデリンは落ち着いたらしい。彼女が求めていたものを、わたしはやっと理解したようだった。「イイイストン」

「そう。そうだよ」これはカタレプシーの症状なのか？　デントンは、マデリンが死んでいるのも同然の状態になって、体は動かせなくなると言っていたが、これはまた別の症状なんだろうか？　唇と、首の最上部の関節を、動かすことができないのか？　目の焦点を合わせることができず、わたしが誰かわからないのか？　それとも、まだ夢遊病で歩いている状態で、これはすべて夢による症状なのか？　転んだ場合に備えて、マデリンの腕を取った。なるべく彼女の肌に触れないようにしたけれど、細くて生気のない、白い産毛《うぶげ》が掌《てのひら》にあたるのを感じとった。

「いち」マデリンが言った。「に……さあんんん……おん……こ……ろく……」思いめぐらしているのか、ひと呼吸置いている。「ひち……はち……くううう……じう」わたしを見つめてきた。「できた？」

「よくできたよ」いったい何が起きているんだろうか。

マデリンはうなずくと、馬が喧嘩をしているときのように、頭を荒々しくのけぞらせたり、下ろしたりした。「たあいへん。ひき、ふる、たあいへん」

息、**する**、**大変**。ほんの一瞬まごついた後、わたしは頭の中でそう翻訳した。息をするのが大変だ、と、マデリンは言っているのか？　呼吸を数えていたのか？

すると、マデリンがほほ笑んだ。それはすさまじい笑みだった。

マデリンの唇は、上機嫌な様子をまねしたものの悲惨な結果になったように見えた。口角がひきつれて上がっている。口は痛々しいほど大きく広がり、顎は大きく落ち、まるで叫んでいるようである。その恐ろしい笑みの上で、目は石のように死んで無表情だった。

人間の心が、あらゆる方法で壊れることがあるのを見てきた、などと気休めは言わない。

とはいえ、兵士や一般市民が、戦争で打ちのめされる百通りの方法は見てきた。しかし、あんな笑みは一度も見たことがない。

わたしはマデリンの腕を落とし、後ろへよろめいた。指に、本当にかすかに、ピリピリする感触があった。まったく予想していなかったので視線を落とすと、自分の掌が、マデリンの腕から抜けた細くて白い産毛に覆われているのが見えた。大変だ。手でつかんで、根元から引きぬいてしまったんだろうか？

違う。マデリンの上腕部を恐々のぞくと、むきだしの肌にわたしの手形が残っていた。指の一本一本の形がくっきりとわかる。彼女の手首には、わたしの親指の輪郭がついている。けれど、あざは残していなかった。産毛は、肌にずいぶん浅く根づいていたせいで、ほんの少し触れただけなのにむしりとってしまったのか？

新たな恐怖が、前の恐怖にとってかわった。顔を上げると、マデリンはあのすさまじい笑みをもう浮かべていなかった。「ああ、マディ……」みじめな声を出しながら、わたしはズボンで産毛をこすり落とそうとした。汗ばんだ掌に、猫の毛のようにくっついている。

マデリンは、ふたたび首をふった。「アディ、違う」

「なんだって？」

「**マディ、違う**」マ行の音のところは、どちらかというと「アアディ」のようになっていたけれど、彼女は明らかに、はっきり発音しようとしていた。そして手首を自分の胸骨に打ちつけた。そんな軽い圧をかけるだけでもあざが残ると思い、わたしは顔をしかめた。

「違うのか?」彼女はいったいどんな夢を見ているんだ?

また、弱々しくうなずく。「いち」とマデリンが言った。「マディ、いち。あたしい、いち。マディ……あたしい……にい」

「二だね」わたしは同意した。

マデリンは、ぐったりとしたようだった。そして「ひき、ふる、たあいへん」とつぶやいた。とりあえず彼女を支えるべきか、また彼女に触れるのを避けるべきか、どうすればよいかわからなかった。

「疲れただろう」わたしは思いやりをこめて言った。

「つはれた」マデリンは認めた。

「きみの部屋へ戻ろう」と声をかけ、わたしはマデリンの肩をつかんだ。そこは服で覆われている箇所だった。さらに産毛を抜いてしまうのが怖くて、もう一度、彼女の素肌に触りたくなかったのだ。「こっちだ」

マディは、わたしが先導し、彼女を部屋へつれて戻るままにさせていた。そして通りすがりに色々なものを指さし、ひとつひとつ名前をあげていた。まるで小さな子どもが、しゃべることを学んでいるようだった。「かあべ、かいらん。ろおそく。イイストオン」

マデリンの部屋の扉を押し開けても、メイドはひとりも応対にでなかった。ああ、ちくしょう。彼女をベッドへつれてゆき、おびえさせたり、さらにあざを作ったりしないで、どうやって横にならせようかと考えた。「座って」彼女がまるで犬であるかのように、声をかけた。「横になろう」

「すわるううう」と、マデリンは応じた。ベッドは、めちゃめちゃの状態だった。シーツのいたるところに、さらに大量の髪の毛があるのが見えた。まるでどんどん脱毛しているようだ。なんてことだ。髪の毛が抜け落ちるっていうのは、よい兆候であったためしはない。デントンに話をする必要があるだろう。

まずいことに、マディをベッドに寝かしつけた後、どれがデントンの部屋なのかまったくわからないと気がついた。この巨大な残骸の中には、百もの扉があるのだ。歩き回って大声を上げたらどうなるかな、と考えたが、デントンが今晩、何をするというんだ？　昼間でも、何もしようとしないというのに？

自分の部屋へ半分ほど戻ったところで、マディのぎこちない歩きから何を思い出したか、わかった。

あの野ウサギだった。

第七章

朝食時、デントンより先にロデリックを見かけた。「今日、マディに会ったかい？」わたしは尋ねた。「昨晩また、夢遊病で歩き回っていたんだ。それに、ずいぶん混乱しているようだった。わたしのことがわからなかったし、うまく話せなかったんだ」あのおぞましい笑みについては言わないようにしよう、と思った。というか、彼女のぎこちない歩き方から、あの奇妙な、這うような動きをしていた野ウサギを思い出したことを。

「たまにあるんだよ」ロデリックは、自分の皿をじっと見つめた。

「マデリンのメイドは、彼女が出歩かないよう気をつけていないのか？」

「メイドは、三か月前に死んだんだ」

これには心がぐらついた。メイドはいない。当然ながら、新しいメイドを雇う金は、彼らにはないだろう。わたしは大まぬけだ。それでまた別の話をふってみた。「マデリンの髪の毛が、抜け落ちているんだ。どんどん……抜け落ちている。ひどい状態だな」

「マデリンの髪の毛、そうだね」ロデリックはうなずき、ほんの一瞬考えてから、こう付け加えた。「ずっとそういう状態が続いているんだ。使用人たちが、片付けようとしているんだけど……」

「ロデリック……」彼の声に含まれる敗北感に、わたしは激怒した。ロデリックには、自分の妹が死にかけているのがわからないのか？「何かするべきだろう！」

「何をしろと？」ロデリックはいきなり怒りだし、拳をサイドボードにたたきつけた。「ぼくが気づいているとは、思わないのか？ ぼくにできることなら、問題解決にとりかかると思わないのか？ マデリンをパリへつれてゆく――このいまいましい家を吹きとばす――あの呪われた沼を埋め立てる――」

わたしは呆然としてロデリックを見た。この館を吹きとばすというのは、実際にはマデリンの問題に対する解決にはならない、と思っている自分がいた。けれど、どれくらいのダイナマイトが必要となるか、早くも計算している自分もいた。

ロデリックは、わたしの表情を読みとったに違いなく、椅子にぐったり沈みこんだ。彼の怒りは、でてきたときと同じようにすぐにひっこんだ。「その気にさせないでくれ、イーストン。どこにマッチをしまったか、もうわかっているんだ」

「中尉が本当に言おうとしているのは、別の医師を呼べということだと思いますよ」デントンが戸口から声をかけ、わたしにうなずいてきた。「おはよう、イーストン」

「わたしが言おうとしたのは、そういうことではありません」パリから専門医を呼ぶという考えが頭をよぎったが、こう言った。

「どうしてそうしないのか、わかりませんね」デントンは言った。「彼女の症状に関する知識の深さで、あなたを感心させることはできませんから」とりたてて腹を立てたというふうでもない。

「わたしよりは、確実によくご存じでしょう。マデリンの髪の毛が抜け落ちている様子は、見られましたか？」

「ええ」デントンは自分の紅茶をにらみつけた。「重病の場合、驚くことではありません。では、抜け落ちる髪の毛が、彼女にどのくらい残っているか、わたしに質問してみてください」

口元へ半分ほどティーカップを運んだところで、わたしは動きを止めた。

「わかりません」わたしにかまわず、デントンは自分で質問に答えた。「いまいましいことに、まったくわからないんです。あのように抜け落ちている場合、髪が再生することはありませんが、彼女のは再生しているんです」

「しかも、真っ白い髪が生えている」わたしは言った。

「そうです。毛穴からそれほど新しく生えているわけでもなく、生え際が後退しているわけでもなく、一番近いと思えるのは、死んだ後、髪の毛が生える場合ですが――」デントンは話を途中でやめ、朝食を猛然とかきこむことに集中した。

「誰も呼ばない」ロデリックは言った。「医師もこれ以上呼ばない。すでにそうあるべき状態より、すべてがずっと先に進んでしまっているんだ。マデリンがつつかれたり、注射されたり、というのは嫌なんだ……檻の中の動物みたいにね」ロデリックの突発的な元気は、消えてしまったようだった。サイドボードに寄りかかり、疲れはてたという感じで体を揺らしている。

わたしは頭を下げ、適当なことを言って馬屋へと向かった。

「おい、へまばかりしているよ」ホブに話しかけた。

ホブの両耳は、それに賛成だと言っていたし、ご褒美《ほうび》をもらっていないので特にそう思っていた。ご褒美と言えば、ということで、わたしは手近のサドルバッグからリンゴをひとつ引っぱりだした。山をずっと下ったところに大きな果樹園があって、何袋かリンゴを買ったのを忘れていたのだが、どうやらホブは、忘れていなかったようである。

「本当に、水中に何かいるのかも、って思いはじめているんだ。何か致命的なものがね」

ホブは、リンゴがもらえないことも同じくらい致命的かもしれない、と表明してきた。

「デントンにはわからない。誰に聞いたらよいか、わからないんだ」デントンの去勢馬が、馬房の扉の上から鼻を突き出したものの、役に立つ助言はくれなかった。わたしは彼にもリンゴを差しだした。そして満足げな馬たちがリンゴをかみ砕く音を聞きながら、アッシャー家の図書室を探しに行った。

言うまでもなく、どんな領主の館にも図書室はある。実際のところ、自分がそこに何を期待していたかはわからない――わたしは、ものすごく熱心な読書家というわけではない。そのときも医学書はきっと自分の手に負えないだろうとわかっていた。外国語で書かれていたらなおさらだ。ルラヴィア語、フランス語、英語はうまく話せるし、ドイツ語もどうにか使える（その主な理由は、おそらくドイツ人が、つねに外国語に即座に切り替えているからである。ドイツ人は、必ずあなたよりその外国語を上手に話す。そしていっしょにその言語を練習しましょうと、礼儀正しく申し出てくるのだ）。ところが、外国語で読む、しかも専門的な内容となると、これまた別問題である。それでも、やってみなければならなかった。野ウサギのあいだで流行している病気があって、それがマディにも影響を及ぼしているかもしれない、と考えていたのだ。病気でなかったとしても、寄生虫かもしれない。火をよく通していない豚肉とかそういうものは、病気を引き起こすことがあるのだから、野ウサギの中の何かが病気の原因ともなるのでは？

当然だが問題は、わたしには、野ウサギの体の内部について狩人としての知識しか持っていないということだ。そのため、たとえば「大きなグネグネする欠片《かけら》が、大きなグネグネする欠片があるべきではないところにある」といったことよりずっと繊細《せんさい》な問題の場合、野ウサギを撃って解体するだけでは、わたしには見分けがつかない。そういうわけで、図書室である。

ずらりと並んだ革装幀の本が、高い棚からわたしを見下ろしてきた。暖炉に火はなく、冷たくじわじわ忍びよる湿気が、霧のように大気中にたちこめている。

それらの本を残らず見上げ、わたしの心は沈んだ。いったい自分は何を探しているんだ？　『ヨーロッパ産野ウサギの解剖学　初心者向けの明解な分類表付き』とでもいったタイトルの本か？　そんな本まで出版されているだろうか？

「うーん、出すべきだろうな」と、わたしはぼやいた。「最近書かれた本の半分より、そういう野ウサギの本のほうが、ずっと役に立つんじゃないか。だいたい、バイロン卿（一七八八－一八二四、イギリスのロマン派詩人）の人生についての研究が、この世界でどれだけ本当に必要とされるっていうんだ？」手当たりしだいに本を一冊引き出し、開いた。

開いてみようとした。

ふくれあがったページが、くっついている。爪を二枚のページの間に差し入れ、どうにかこじ開けようとしてみたものの、ページの一枚を半分破って、残り半分をもう一枚にくっついたままにしてしまった。本はじっとりしていただけではなく、ずいぶん長い間湿っぽかったせいで、なんだかドロドロのお粥《かゆ》みたいになっている。

うめき声をもらし、わたしは別の本を引き出した。こちらの本は、ページが湿気でふくれて乾いて、ふくれて乾いて、と、くり返したせいでヨレヨレになっていた。ページを開いても、縁に沿ってぐるりとカビが線を描いていて、それが真っ黒だったせいで、装飾用のへり飾りと見間違えるところだった。

「ちくしょう」ひとりごとがもれた。

「おや」戸口からロデリックの声がした。「このすばらしい図書室を見つけたんだね。アッシャー家代々の誇りなんだよ」わたしの表情を見たのだろう。ロデリックは唇をゆがめ、おどけた笑みを浮かべていた。「気にしないで。父が、稀覯本はとっくに全部売り払っていてね。失うものはそんなにないんだ」

「ここにある本は、全部こんな感じなのか?」腐りかけた言葉という重荷が詰まった本棚を見上げ、問いかけてみる。

「一冊残らず、全部そうだよ。使用人たちが、何冊か乾かして、たまに焚きつけに使っているんだ。しっかり燃やしたら、燃えるんだよ」ロデリックが本棚全体に視線をさっとめぐらせたが、まるでそれらが炎に包まれているところを想像しているかのようだった。

何と言えばよいかわからなかった。領主館が廃墟になってしまった主《あるじ》への同情の気持ちを、どう伝えればよいんだ？　わたしはその代わり、どうにか冗談をひねりだした。「ガラシアにいるべきだったな、ロデリック。そうすれば王立図書館へ行って、本を借りることができたのに」

「家族みなで、ガラシアに残るべきだったよ」ロデリックは、わたしの気休めの冗談に惑わされることなく言った。「母さんは正しかった」

「おいおい、きみたち二人でうちへくればよいだろう」わたしは言った。「正直な話、うちにあるのはごく小さな元・狩猟小屋だけだし、お互いに金を出しあって暮らすようになると思う。だけど、こぢんまりした居心地のよいところなんだ」

ロデリックは首をふった。「マデリンはここを離れないよ」と同じことをくり返す。「それにぼくは……」と言って、部屋をながめ回す。それは、自分の敵の顔をじっと見据える男のものであった。「この場所は、ぼくたち全員をそのうち殺すんじゃないかと思いはじめている。もしかすると、ぼくも手遅れかもしれない」

「ただの建物じゃないか、ロデリック」

「そうかな？」ロデリックは顔を背けた。「木食い虫が、梁《はり》の中をかじっている音が聞こえる」とつぶやく。「願わくは、やつらが、もうちょっと早くかじってくれんことを」

この会話で、とりたてて明るい気持ちになれたとは言えない。それで図書室を出ると、デントンを探しに出かけた。

「やあ」デントンは読んでいた本から顔を上げた（おそらく、自分で持ってきた本だろう）。「ものすごく集中した顔つきをしていますね」

「野ウサギについて、何をご存じですか?」

デントンはまばたきをした。「もう一度お願いできますか?」

「野ウサギです。動物。長い耳。その辺をはねまわる。春になると、後ろ足で立ってボクシングをする」

「つまり、ウサギのことですか?」

やれやれ、アメリカ人からわたしをお救いください。「いいえ、野ウサギはもっと大型です。アメリカにはいませんか?」

デントンは、野ウサギについて考える必要があった。「ええと……待てよ、北部にいると思います。カンジキウサギと呼ばれています。それがどうしました?」

「マデリンに影響を及ぼすような病気を、野ウサギが持っている可能性はあるでしょうか?　マデリンが、なんらかの形で移されるような病気を?」

「知りませんね」

「ですが、可能性はありますか？　野ウサギと人間の双方を悩ますことができるような、病気のようなものとか？」

「もちろん、その可能性はあります。狂犬病は、人間と野ウサギの双方に影響がでます。ですが、マデリンが狂犬病にかかっていると、ほのめかしているわけではありませんよね？」

「いや、違います」わたしは椅子に深く腰かけた。「このあたりにいる野ウサギの行動が、奇妙なんです。地元の人間はみな、野ウサギが何かにとりつかれている、と話しています。ですが、わたしはそんな話を信じていません」デントンからの反論を見越して、わたしは手を上げた。「わたしたちの多くが、悪魔の力を借りることなく破滅します。けれど、荒野のはずれで野ウサギを見かけましたが、その仕草は本当に奇妙だった。そして、マディが夢遊病で歩く姿から、野ウサギを思い出して……」

　声に出して言うと、ばかばかしく聞こえた。自分がわらをもつかむ思いだったことは、わかっている。ところが、彼の名誉のために言っておくと、どうもデントンは、わたしの横でそのわらをつかもうとしているようだった。「そこに、なんらかの関係があると思っているんですね？」

「そうかもしれない、かな？　マディが病弱だったことはなかった。しかも、ロデリックは病気にはなっていない。だから、大気とか水とかの瘴気《しょうき》のせいだけではない、と思ったんです……」

「村で似たような病気が発生していれば、使用人たちが話していたでしょう」

「そう、そうですね」わたしはため息をついた。とはいえ使用人について触れたことで、あることを思い出した。「マデリンのメイド。彼女の死因をご存じですか？」

「屋根から身投げしたんです」

　わたしはデントンをじっと見つめた。

「ここは誰にとっても、健全な家ではありません」デントンは言った。「しかも、憂鬱《ゆううつ》な気質の者には、間違いなく健全な場所ではない」

「ああ、ちくしょう」

　デントンは、わたしに同情するような表情をした。もしくはそれが、彼なりのわらをしっかりつかむ方法だったのかもしれない。「それでも、悪くない考えですよ。非常に限られたひとだけがかかる病気というのがあります。たとえば、ハンセン病です。免疫がない気の毒な者たちを別にすれば、大多数の者は発症しません」

　わたしは大げさにうなずいて見せた。「すると、マディは感染しやすいのかもしれない。問題なのは、わたしが野ウサギを撃ったとして、その野ウサギがまともかどうかを見分ける手立てがないと、わかっていることです。どこか本当に、けた外れに異常なものがない限り、見分けられません。あなたには、見分けがつくと思いますか?」

「わたしは獣医でもありませんし、料理人でもありません」デントンは言った。「ですが、見てみることはできますし、何か目につくものがあるか、調べることはできると思います」

わたしはうなずいた。「でしたら、明日、野ウサギを獲ってこられるか試してみます」


結局のところ、野ウサギの居場所を探しあてたのはホブだった。すんでのところで野ウサギを踏むところだったおかげである。ホブは最後の瞬間に野ウサギを見つけると、鼻を鳴らし、横道へそれ、三歩で野ウサギの上をとび越えていった。わたし自身も、かなり驚いた。なにしろその野ウサギは、動かなかったのだ。そこに座りこんだまま、狂気をはらんだうつろな目で、わたしとホブを見上げていた。

「ほら、行けよ」野ウサギに話しかけた。「少しは歩くんだ」あの名前のない病害に苦しんでいない野ウサギを撃っても、なんの役にも立たない。

野ウサギは、言うことをきかなかった。わたしはホブの背中からすべり下り、小さめの獲物（牛ではない）を仕留めるときに使う銃を取りだした。「ほら、とっとと行け」

野ウサギは、こっちをじろじろと見てきた。わたしは一歩前へ踏みだし、さらにもう一歩進んだ。なんてことだ、実際にこいつを自分のブーツで小突くはめになるのか？

わたしが触れる前に野ウサギは向きを変え、あの奇妙な、のろのろと這うような歩きをした。そして予想していたより、ずっと素早く動いた。狙いを定めたところで、野ウサギが、切り株だらけの雑木林の中へ姿を消すのを見るはめになった。雑木林は枯れているか、またはみごとに枯れた状態をまねていた。

「鈍くさい、自分のせいだな」わたしはつぶやいた。「ホブ、ここにいろ」その場にホブをつないでから、野ウサギの後を追った。

枯れた木々のおかげでよく探せる、というわけではなかった。雑木林の中に入りこんで探し回ってから、野ウサギが前足を上げて座り、わたしを見ているのを見つけた。

「まあいい。なんであれ確実に捕えたぞ」わたしは野ウサギの胴体に狙いをつけはじめた。だが、おそらく銃床で、頭を簡単に殴りつけることができただろう。

目の端でとらえた動きのせいで、注意がそがれた。ふり向くと、また別の野ウサギが見えた。あの気味悪いやり方で体を動かしている。どことなく、蜘蛛《くも》そっくりの姿だった。

すると急に、体から切り離されて指で這い回る手、または、元の持ち主から離れて生きている手足、という荒唐無稽《こうとうむけい》な光景が浮かんだ。明らかに、デントンの夢がわたしの脳裏に居座っている。

一羽目の野ウサギに向き直ると、そこに三羽目が加わっているのを見るはめになった。どれもが後ろ足で立って、わたしをじっと見ていた。

首の後ろの毛が逆立った。

わたしはその一羽を撃った。最初に現れた野ウサギだったかもしれないが、互いに場所を移動していたかもしれない。子どもでも、その距離なら外すことはなかっただろう。銃声が雑木林に鳴り響き、野ウサギはくずおれた。

他の二羽の野ウサギは、どちらも動かなかった。身じろぎすらしていない。

銃声のすぐ後に、耳鳴りがいきなり波のように押しよせてきた。そして鳴り響く音が静まるのを待っている間、いまわたしの背後に、もっと多くの野ウサギがいるかもしれない、やつらが近づく物音も聞こえないかもしれない、と気づいた。

そんなのどうでもよい、と自分に言い聞かせた（耳鳴りが、わたしの思考を抜きとってしまうようなところも嫌いだ。そのせいで、まるで自分の頭蓋骨《ずがいこつ》の中で叫んでいるかのような感覚になってしまうからである）。やつらは野ウサギだ。オオカミではない。手でつかんだら、野ウサギはいやらしく噛んでくるかもしれないが、喉を狙ってくることはないだろう。

わたしは、こういうことならよく知っていた。それでも、わたしのあらゆる直感が、背後に何かがいると大声で訴えていた。なんだか危険なモノ。野ウサギではない何かが。

わたしは自分の直感に逆らわなかった。戦争では直感のおかげで生き延びたのだ。ぐるりとふり返ると、さらに二羽の野ウサギが雑木林の角に座り、じっとこちらを見ていた。

耳の聞こえはゆっくりと正常に戻りつつあったが、そこに〝何モノ〟かがいるという鳥肌がたつ感覚は弱まらなかった。ふたたび体の向きを戻すと、最初に現れた三羽が、いまでは四羽になっている。まるでもう一羽が、地面からキノコのようにぴょこっと生えてきたみたいだった。

「わかった」わたしは勢いよく一歩踏みだし、死んだ野ウサギをさっとつかんだ。「それなら――」

わたしの手の中で、それが動いた。

痙攣《けいれん》だとわかっていても、わたしは乱暴にそれを投げ捨てた。生き物の多くは、殺された後に蹴とばしてくるのだ。野ウサギの頭を撃ち抜いたし、生きているはずがない。筋肉の発作的な痙攣。それだけだ。

自分の愚かさを呪っていたら、死んだ野ウサギが、這うようにのろのろ動きはじめた。

そいつは、逃げようとはしていなかった。すべてのできごとの中でも、そこが、なんとなく一番恐ろしいところだった。そいつは、野ウサギの群れの中へ這いながら戻ってゆき、頭蓋骨は半分失っていたけれど、体を起こして座った。頭《こうべ》をめぐらせ、残ったほうの目でわたしをしっかりとらえ、他の野ウサギみたいに前足を胸のあたりで折りたたんでいる。その目を通してわたしを見ているものがなんであれ、それは野ウサギではなかった。気力が砕け散り、わたしは走り去った。

もしかして、わたしがあまり疑い深くなくて、もっとだまされやすかったら、ずっとうまく切り抜けていただろう。そのときは、自分が見たと思ったものを見るなんてあり得ない、ということしか頭に浮かばなかった。死んだものは起き上がらないし、歩き回らない。けれど、たまに死にかけた者はそういうことをする。ひどい傷を負った者たちが、敵に向かって百ヤード走るところを見たことがある。頭蓋骨に銃弾を埋めこんだままの者たちが、ときに数日にわたって戦闘を続けたのを見た。ああ、ちくしょう。わたしの配下だったパートリッジは、医者が約一週間後に銃弾の跡を見つけるまで、頭を殴られただけだと思っていたのだ。幸いパートリッジには、銃弾を取り除こうという気はまったくなかった。

わたしの知る限り、パートリッジはまだ生きている。しかしこの銃弾の件以来、味覚を失ったと文句を言っている。

あの野ウサギが、パートリッジのような状態だった可能性はある。おそらく、わたしが正確に撃たなかったのだろう。もしかして野ウサギの頭の一部が欠けていると考えたのは、血まみれの毛皮が垂れ下がり、ものすごく奇怪な形になっただけなのかもしれない。野ウサギたちは、カヤツリグサとそっくりの、くすんだ灰茶色をしていたよな？ あれは目の錯覚だったかもしれない。それに神はご存じだ。戦争以来わたしが色々なことに過敏になって、神経がずっと正常に働いていないということを。そうだ、わたしは信頼できる観察者ではない。

わたしは頭の中でこの一件を書き直し、おもしろおかしい自虐的な話にすると、後ほどデントンに語った。「あのいまいましいやつらが、全員でじろじろ見てくるので、神経症の発作に襲われました。そして、わたしのブーツのすぐそばまで寄ってこようとしない、あの群れから逃げだしたんです。信じられますか？ 戦火のもとで得た武勇勲章が胸に鈴なりだというのに、撃ち損ねたせいで、わたしはニワトリみたいに大声でわめいたんです。あの畜生は、この手の中で蹴りとばしてきたんですよ」浮かない顔つきで笑って見せる。「あの野ウサギといい、牛といい、射撃の分野でよいところを見せられていませんね」

話をそらそうというこちらの全力の努力にもかかわらず、デントンは気をそらされなかった。両手を膝の上でだらんと垂らし、濃い眉の間にしわができている。「それはかなり奇異な話ですね」

「ガラシアの誇りにかけて、事実です」

「そのことではありません」デントンは顔をしかめた。「あなたは、それほど空想家ではない、とロデリックが言っていたんです」

「そう思いたいが、この午後からは、あなたにも見当がつかないでしょうね」わたしは肩をすくめた。「まあ、あなたにもおわかりでしょう。ときに、じつに奇妙なものが、われわれをおじけづかせるんですよ」

「たしかに」デントンが認めた。「兵士の心臓（ダ・コスタ症候群。心臓神経症などとも呼ばれる）。南北戦争後、そういうふうに呼んでいます。あるとき、わたしにもそういう症状が出たことがあるんです。兵士が旗をかかげて通りに立ち並んでいると、風が吹いて旗がカチンカチンと音を立てた……その音は砲撃音のようではなかったけれど、そういうふうに聞こえる。わかりますよね？」

わたしはうなずいた。じつによくわかる。

「すると、旗のひとつがゆるんではずれ、わたしのほうへとんできましてね」デントンは鼻で笑った。「そうしたら、通り二つ離れている階段の吹き抜けから、わたしはいつのまにか落ちていたんです」彼の声には、わたしたちみなが持つ、あのかすかな上っ面だけの、おどけた気持ちが含まれていた。笑っているふりをしなければ、自分たちがどれほど壊れてしまっているかを認めなければならない。これまで味わった中で最悪の苦しみについて、酒場で作り話をするようなものだ。笑ってほらを吹き、その苦労話のおかげで、酒をおごってもらうようになるのだ。

「ほらね、おわかりでしょう?」わたしは陽気に手をふった。「フランス人は、戦争神経《ネヴローゼ・ド・》症《ゲール》と呼んでいます。なんだか、血まみれのペストリーみたいに聞こえますね。とはいえ、撃ち損ねたのは本当に気分が悪いです。仕留めるまで、とどまるべきでした。うまくゆけば、キツネか鷹か何かが、じきに捕まえるでしょう」

デントンが見せた、気まぐれな、おどけた感じは薄れていった。そして、そばに置いてあった飲み物を一口ごくりと飲んだ。「ひょっとしたら、あなたは撃ち損ねていないかもしれない」わたしのほうを見ないまま、そう言った。

「もちろん、撃ち損ねたんです。あの野ウサギは、起き上がると、歩き去っていきましたよ」デントンには、あれが体を起こして座り、わたしを見ていたことは言わなかった。戦《ネヴ》争神経症《ローゼ・ド・ゲール》についての冗談より、うまくいったと思う。デントンは無言だった。

「死んだ者は歩かない」自分の声が、怒りで大きくなっていた。「あなたも、誰もが、それを承知しているはずです」

デントンは、わたしの顔を探るようにじっと長い間見つめた。何も見つけるべきではなかった。なぜなら彼は顔を背けて、こう言ってきたのだ。「無視してください。わたしもロデリックと同じように、空想にふけるようになってきました。自分でわかっていると思っていたことが、もうわからないんです」

わたしは大股でその場を立ち去り、その晩は、夕食を自分の部屋でとった。アンガスは、わたしが椅子の向きを変え、壁のほうへ背中を向けるのをじっと見ていた。そして何も言わなかった。

第八章

皮肉なことに、その晩はあっというまに眠りに落ちた。ふたたび、あらゆる神経を張りつめすぎてしまったせいだろう。機会があるときにさっさと寝るというのは、軍隊で三番目に身につけることだ（一番目は、口を閉じて、はむかえない相手に軍曹が腕試しをさせるままにすること。二番目は、小便をできる機会を絶対に逃がさないこと）。

就寝中にわたしが目を覚ましたのは、叫び声を聞いた気がしたときの一度だけだった。低くしわがれた、男性の声のように聞こえた。ベッドからとび起き、ピストルをつかんだけれど、もうそれ以上何も聞こえなかった。

戦争神経症だ、と自分に言い聞かせた。あんな一日の後なら、不思議はないかもしれない。耳を澄ませた後、起きてうろつこうかと考えていると、隣の部屋からアンガスのいびきが聞こえてきた。当然ながら、アンガスが立てる物音には慣れている。しかし、アンガスのいびきは、伝説級によく知られているのだ。いびきが悪夢に入りこんで起こされた、というのは大いにあり得る。それでナイトテーブルの上にピストルを置くと、ふたたび眠りについた。

二度目に目覚めたときは、音楽が聞こえてきた。荘厳で、いくつもの音色が重なった曲だった。半分は葬送曲、もう半分は陽気なメロディで構成されていて、交尾期の鳥の群れのようにその調べはもつれ、からまりあっている。ロデリックだと、すぐにわかった。この館でピアノを弾く者は彼以外にいないし、この地球上であんなふうに弾く者は誰もいないんじゃないか、と思う。ロデリックがあのピアノから引き出した音色は、わたしのささやかな力で理解できるものではなく、説明するのはほぼ無理である。それはまるで、すばらしい年代物のワインをちびちびなめ、二度と味わうことはできないだろうというその複雑さや、自分には理解不能な隠れた深みを感じとるようなものだった。ロデリックの演奏は天才的で、本当にわたしの感性をはるかに超えた世界のものであり、正しく理解することができない、ということがかろうじてわかる程度だった。音楽に誘われて部屋へたどり着くと、戸口にもたれかかり、その音色にひたった。

だんだん弱まりながら、そしてピアノというよりフルートのような一連の音色とともに、ついにロデリックの演奏が終わった。そこでわたしは、いきなり拍手をはじめた。「ブラボー、ブラボー！」

ロデリックは悲鳴を上げ、ピアノ用ベンチから中途半端にとび離れ、胸元をつかんだ。

またロデリックを狼狽させてしまったことで、わたしは自分を呪った。「ごめん！　申し訳ない、驚かせるつもりはなかったんだ。演奏の途中で、邪魔をしたくなかっただけだから」

「いや、いや、大丈夫だ」ロデリックは、ふたたびピアノ用ベンチにへたりこんだ。「えっと、大丈夫じゃない。でも、きみのせいじゃない。ああ、ちくしょう」

わたしは、そろそろと部屋の中へ入っていった。「問題はないか？」

「マデリンが死んだ」と、ロデリックが言った。

わたしはロデリックをじっと見つめた。ロデリックの言っている言葉はわかったし、それはわたしの母国語だったけれど、まるで別の国の言葉であるかのようにそれをずっと分析しようとした。何か別の、よく似た音がするものであるかのように。マディが死ぬはずはなかった。二日前まで彼女は生きていた。玄関ホールで彼女に話しかけた。ピアノを囲んで、いっしょに歌った。「わたしは……それは、間違いないのか？」

愚かな質問だった。当然、ロデリックが間違えるはずない。こんなみじめな、ぼろぼろの館で島流しに甘んじるくらい、ロデリックは妹を愛しているのだ。けれど、愚かな質問をしても、許されないことを言ってもすぐに許してもらえるのが死というものなのだ。

「間違いない」ロデリックは言った。「デントンが確認した。マデリンは、よくある発作を起こした。息が止まったんだ」そして鍵盤を見下ろすと、演奏の仕方を忘れたかのように、そのひとつにためらいがちに触れた。

「ロデリック。残念だよ」部屋の中に入ってロデリックの背中をバンと叩き、軍人同士がすることすべてをした。なぜなら、軍人のほとんどは泣き方を忘れてしまっているのだ。

「ひどい話だ」ロデリックがおだやかな声で言った。「こんなこと、望んでなかった……」

「わかっている」

「やらなきゃならない、ってわかっていた。でも……」

「わかっているよ、ロデリック。わかっている」

ロデリックは、姿勢を正して顔を背けた後、肩をすぼめた。「マデリンが、玄関ホールを歩いている足音を聞いた。それがいま……いま……」そして首を乱暴にふった。

わたしは長いため息をついた。マディの死は避けられないことだったとはいえ、納得できなかった。

「彼女は苦しみませんでした」デントンが戸口から声をかけてきた。「いや、むしろ、彼女の苦しみは終わったんです」

もしかしてデントンは間違っていないか、カタレプシーが死を装っているのではないか、と尋ねたい気持ちがあった。そのいっぽうで、デントンは医師で、わたしはただの軍人で、自分の知っている死がおだやかなものではないということはわかっていた。「彼女に会えるだろうか？　マデリンに？」代わりにこう尋ねた。

デントンとロデリックは、顔を見合わせた。一瞬の後、ロデリックが言った。「マデリンは、地下の納骨堂にいる」

「会っていけない理由はありません」デントンは強い口調で言った。

「そうだね。うん、もちろんだ。ランプを取ってくるよ」ロデリックは言った。

地下納骨堂へは、館の裏手にある狭い石の階段を下る、長い曲がりくねった通路を通っていった。ひんやりした湿気は、より厳しい冷たさへと変わっていたものの、最下層へ近づくにつれ空気はなんとなく乾いたものになっていった。この館を支配している、じっとりした空気の下に穴を掘ったような感じだった。

「地下納骨堂が、この館の下にあるなんて気づかなかったよ」歩きながらわたしは言った。

「ここの地面は硬くて、掘るのが大変なんだ」ロデリックはあっさりと答えた。「ご先祖様は、地面を爆破して地下貯蔵室を造ったのさ。納骨堂もいっしょに造るほうが、簡単だったんじゃないかな」

「教会みたいだな」

ロデリックは、低い声でうーんとうなった。下へと向かう階段にはゴシック様式の装飾が施されて、アッシャー家のご先祖様たちは、簡素な装飾にご興味はなかったようだというわたしの認識をあくまで強めただけだった。

扉も、先端がとがったアーチ状で、古木で作られ、鍵と閂《かんぬき》がかけられていた。ロデリックは、デントンにランプを手わたした。そして彼のきゃしゃな腕にはそぐわない力強さで、閂の横木を受け口から引きぬいた。彼が横木を下ろし、みなで納骨堂の中へと足を踏み入れた。

寒い。そこは寒かった。荒く削られた長い廊下が、おそらく納骨堂よりずっと奥まで先に広がっている。わたしたちが立っていた部屋には、十字架と嘆き悲しむ人びとの彫刻が施された遺体安置台があった。

マデリンは、顔も特徴もわからないまま、屍衣《しい》の下で横たわっていた。ロデリックは、何かから守るように彼女のそばに立ち、全身の毛を逆立てんばかりにいら立っていた。最後にもう一度マディの顔を見るため、もっと近づこうと思っていたが、ロデリックの様子がとにかく近寄りがたかったのであきらめた。まったく、顔を見てなんになるんだ？　十分な数の死体を、これまでの人生で見てきたんじゃないのか？　他のひとには救いになるかもしれないが、あれはおまえに悪夢を見せる、もうひとつの顔にすぎない。

その代わり、ひざまずいて祈った。遠い昔、教会での礼拝の記憶を掘り起こし、主の祈りを唱えた。わたしが祈り終えると、デントンはほんの少しだけ待ってから、腕に触れてきた。そして納骨堂と、遺体安置台の上の白くほっそりとした形のものからわたしを引き離し、外へつれ出した。

階段を上がりながら、ある考えが浮かんだ。あの屍衣の下にいるのは、誰だってあり得る。あれがマディだったのか、はっきりわからなかった。あれがそもそも人間なのかどうか、わたしにはわからなかった。


夕食時、ロデリックはかなり落ち着かない様子で、もう少しでわたしに癇癪《かんしゃく》を起こさせるところだった。羽目板から敵が現れ、彼の背後に回っているかのように、びくっと背筋をのばしては、肩ごしに後ろを見るという行動をずっと続けていた。「おい、落ち着くんだ」わたしは声をかけた。「こんな調子だと、わたしをテーブルの下にもぐらせることになるぞ」

「蛆虫《うじむし》の音が聞こえる」ロデリックは口の中でつぶやいた。「すぐに、マディの体にとりかかるつもりなんだ。その気になったらね」

マディはわたしの妹ではないのだと、自分に言い聞かせた。いまいましいことに、わたしには怒る権利はない。ロデリックはびくつくのはやめたものの、今度は両手をもみ合わせはじめた。青白く、指の長い手をしているのだが、片手でもう片手をごしごしこすっていると、だんだん赤らんできた。わたしはこの様子を不安げに見つめた。それでも、そんな彼を守ってあげるためこの身を投げだそう、という気にはならなかった。デントンは、目の前に並んだ食事を整然と手際よく、無言で食べていた。彼が何を考えていたかは、わたしには想像できない。

夕食後、わたしは二本目のリヴリットの瓶をお供に、図書室へと行きついた。ひどい話だが、二日酔いになるのは名案のように思えたのだ。頭痛は、いつだって心痛よりずっとましだ。それに嘔吐《おうと》するまいと思って集中していれば、自分の若い頃の友人が身近で死んでいる状況について、考えずにすむ。

なぜマディの死がこれほど大打撃なのか、理由がわからなかった。アッシャー兄妹《きょうだい》とは、社交の季節に数回会って、成長している姿を見かけたが、それだけだった。マディからの手紙を受けとるまで、二人のことをたびたび思っていたとは、正直とても言えない。

もしかしたら、このみすぼらしい場所がわたしの精神に重くのしかかり、無防備にしてしまったのかもしれない。もしかしたらマデリンが、たんに戦争という荒削りの猛威の中ではなく病気で死んだ、わたしと同年代の最初の人間だったからなのかもしれない。

わたしはリヴリットを瓶から直接あおった。喉が焼けつくことはもうないけれど、甘ったるいシロップのような味のせいで、いまでも顎の関節が痛くなる。図書室は、かび臭い革装幀と死んだ本のいやな臭いがしている。だがわたしには、もうリヴリットの匂いしかわからなかった。

結局、わたしはアンガスに見つかった。リヴリットの瓶に栓をし、わたしを椅子から引きはがすと「行きますよ、若」と、アンガスは言った。「わたしはもうだいぶ年寄りですから、あなたを運べないんです。足を前に出してください」

わたしは、酔っ払ったまま、深い悲しみとともに床に寝かせてほしい、といったことをつぶやいた。

「進め！」アンガスが吠えた。すると後脳がその場を引き受け、わたしを正しい方向へ向かせ、行進させた。

朝起きると、当然だが、頭をハンマーで叩かれたような最悪の気分だった。それが一番重要な点である。食べ物のことを考えると吐き気がするが、食べなければすべてがもっと悪いことになる。顔に水を勢いよくかけ、洗面器の中をじっと見つめながら、手で顔を覆って気を引き締めた。これは、あの小さな沼の水なのか？　なんてことだ。結局のところ、リヴリットを飲んでいるほうがずっとましだったかもしれない。

軍でともに勤務したイギリス人たちから学んだ、数少ないことのひとつに、きちんとした服装をすれば、最悪の気分もましになるというものがある。そこで真新しい服を着てから、一服吸った。舌にはひげ剃《そ》りが必要な気分だった。アンガスは部屋に入ると、わたしを見てうなり声をもらし、磨きあげたばかりのブーツを手わたしてきた。

「言うな」わたしは小声でつぶやいた。

アンガスはわたしの肩を一瞬つかんだけれど、何も言わなかった。わたしはブーツに足を突っこんで、朝食へと向かった。

扉の取っ手に半分手をかけたところで、ロデリックの声が聞こえてきた。「昨晩、マデリンが叩く音が聞こえたんだ」

デントンが何か言ったものの、あまりにひっそりした声だったので聞きとれなかった。

「地下納骨堂の扉だよ」ロデリックは言った。「出ようとしていたんだ。そんなことあり得ない、だろう？　マデリンは死んだ。本当に、死んだんだよね？」

「当然だ、彼女は死んでいる」わたしは扉を押し開けた。「きみの神経は、ずたぼろなんだよ。誰がそれを責められる？」確証が欲しくて、デントンのほうを見る。

「そう、そのとおりです。たんなる神経のせいです」デントンは言った。

「そうだな」ロデリックは言った。「きみの言うとおりだよ。ぼくの頭が、すっかりおかしくなったと思っているんだろう、イーストン」

「そんなことはない。戦争神経症《ネヴローゼ・ド・ゲール》だ。わたしたちみなが患っているやつだ。きみが混乱していないとしたら、そのほうが、尋常じゃないよ」

ロデリックは、ふたたび両手をもみ合わせはじめた。握りこぶしはかなり赤らみ、いまにも出血するんじゃないかという様子だった。

「頼むから、もうやめてくれないか」わたしはげんなりした。「まるでレディー・マクベスじゃないか。『消えて、消えて。嫌な染みね』（『マクベス』第五幕第一場）」

ロデリックは、蹴られた犬のような甲高い叫び声をもらし、大きく見開いた目でじっとわたしを見てきた。わたしは、急に罪悪感に襲われた。「すまない、ロデリック。その……とにかく、すまない」と言って、椅子に深く腰かけた。「いっしょにここを離れないか？　パリへ行くとかさ？　きみの健康のためによいだろうし」

「だめだ！」ロデリックは大声を出したが、まるで怒鳴り声のようだった。「だめだ、ぼくは……」そしてぐっと唾を飲みこむと、喉が上下に動いた。「だめだ、無理だ。マデリンが……するまで……まだ……」ロデリックの声はどんどんしぼんでいった。そして「まだ、だめだ」と最後にささやくと、テーブルを離れた。

「考えてみてくれ」わたしはロデリックの背中に声をかけ、デントンのほうを見た。「彼を説得する手助けを、いっしょにしていただきたいものですがね」

「彼は、まだ行くつもりはないでしょう」デントンは言った。「ですがあなたは、そろそろ発つべきですね。ここは、良識のある人間がいるべき場所ではありませんから」

「ロデリックがここを離れようと思うのは、いつ頃だと思いますか？」

「しばらくは無理でしょう。彼が……その……自分の妹が、きちんと埋葬されるのを確かめるまではね」

わたしは肘をテーブルについて、顔を両手で支えた。「ばかばかしい」わたしは言った。「死人は死人だ。やつらは何も気にはしない」

「ガラシアでは、幽霊を恐れないんですね？」デントンが尋ねてきた。その声にはとげのあるユーモアが含まれ、彼が勇気をふりしぼってそう言ったのがわかった。

「いいえ。ガラシア人は、他の国のひとと同じ程度には迷信深いんです」と、わたしは認めた。「三日間、死体のそばに誰かが座っていなければならないのは、さまよえる死者の魂が、肉親にとりつかないようにするためです。しかし、死者がそんなことに実際に関心があるとは、信じられませんがね」わたしは両手をおろした。「さてと、ドクター。いままでどれだけの数の死者を見てこられましたか？　そしてその死者の中で、蘇《よみがえ》ってから埋葬の仕方に文句を言った者がいましたか？」

「ひとりもいません」デントンは認めた。「それでも、ロデリックがいますぐここを離れるのは、受け入れがたいですね。彼が確信を持つまでは」

「何に確信を持つんです？」

「死者が、歩かないことです」デントンは唇を閉じると、それ以上話そうとしなかった。


死者は歩かない。


この考えが歌の断片のように脳内で脈打ち、際限なく耳の中で鳴り響いた。あえて耳鳴りの発作を起こすため、適切な方法で顎を固定させたけれど、耳鳴りがやんだとたん、あの言葉がふたたび蘇ってきた。死者は歩かない。死者は歩かない。

とにかく、死者は歩かない。野ウサギを撃ったときは、仕損じた。あれはもう、とっくに死んでいるだろう。どこかで出血多量で死んだか、またはキツネが現れて始末したか。もしくはイタチか、鷹かもしれない。この土地にいる捕食生物については知らないが、おそらくガラシアにいるのと同じようなものだろう。放し飼いの犬とか、村に住む猫とか。

アッシャー家の館には、猫は一匹もいない。

ネズミ用に猫をつれてこよう、と考えた。**猫もネズミも、一匹も見当たらない。どうしてネズミが全然いないんだ？　ロデリックが貧乏すぎるせいで、ネズミすら、彼の食料貯蔵庫に興味を持たないのか？**

それはあり得る。ふと頭に浮かんだのは、このあたりをにらみつけているような館の周囲で、動物を見かけたことがないことだった。馬屋にいる馬たちと、ヒースの野原にいるいかれた目をした野ウサギたち以外には……すると、あの野ウサギのことをまた思い出してしまった。

死者は歩かない。

霧雨だったけれど、ホブに乗って出かけた。ホブのひづめの音がリズムを刻み、それがあの言葉と、あまりにうまく合致した。**パカ－パカ－パカ－パカ。死者－は－歩か－ない。死者－は－歩か－ない。パカ－パカ。**

ちくしょう。これがずっと続いたら、リヴリットの三本目の瓶を開けてしまいそうだ。

夕食時は、全然気が休まらなかった。ロデリックは、ずっとうわの空で両手の指をもみしぼっていて、その後は自分の体をぐっとつかんでいた。デントンは、いつもよりさらにアメリカ人らしくふるまっていた。彼がこれ以上強いアメリカなまりで話しはじめたら、

『アメリカ国歌』をこの場で歌いだし、テーブルクロスとだって握手しかねない勢いだった。

死者は歩かない。ただしこの地では三日間、死者のそばに座って、死者が動くことはないと確かめることになっている。マデリンが地下納骨堂の扉を叩く音を聞いた、とロデリックは言っていた。いや、くだらない話だ。

自分の部屋へ戻って、アンガスの「感心しませんな」といった目に見守られながら、リヴリットの二本目の瓶にほんの少し残っていたものを飲み干した。「そんなに怖い顔をしないでくれ。くず人間を酔わせるほど中身は残っていやしないから」

「ここには、どのくらい滞在されるのでしょうか?」アンガスが問いかけてきた。

「わからない」唇からシロップみたいな味をなめとる。何日ここに滞在している? ここを去ることをロデリックが承知するまでとしたら、いったいそれはいつだ? わたしは何か役に立ったか? それとも、ロデリックには余裕がほとんどないというのに、わたしはたんに飲み食いし、薪を燃やしていたのか?

「三日だ」空になった瓶を置き、ふと言った。「あと三日だ。そしたら出ていこう」

真夜中、地下納骨堂へ向かった。

分別のある行動ではない。それはわかっていた。懐疑主義でいる自分に誇りを持っているにもかかわらず、誰も死体を確認しなかったら、何か恐ろしいことが起きるかもしれないという考えに支配されていたのだ。いやもしかしたら、すでに起きているのかもしれない。死者は歩かないけれど、カタレプシーの症状がある者についてはどうだ？　生きたまま埋葬された者の話や、棺を開けたら蓋を引っかいていた者の話を聞いたことがあるだろう。

ロウソクを手にし、音を立てないよう気をつけながら、わたしは滑りやすい石の階段をそろそろと下りていった。地下納骨堂の扉に閂はかかっていたが、鍵はかかっていない。閂の横木そのものはわたしの手首ほどの太さがあり、奇妙なくらい新しく見えた。横木の縁《ふち》は色が薄くてまだ乾燥していなかった。

ロウソクを下に置き、閂の横木を息を止めて慎重に持ちあげると、金属製の受け口がこすれる音がした。小さな物音のひとつひとつが響いて、階段を上がっていった。**少なくとも、誰かが後ろから下りてきたら聞こえるだろう**、と思った。**そう願いたい。**

もしも誰かが下りてきた場合、なんと言えばよいか見当もつかなかった。深い悲しみのせいだ、と言い訳しようかと思った。たとえば、最後にもう一度、彼女に会いにくる必要があったのだ、とか。死者は三日間監視しないといけないという迷信を、ロデリックに思い出させる、とか。わたしはそれほど心配していなかった。嘆き悲しむ人間は、妙な行動をとっても許されるのだ。これからやろうとしているのは、きわめて奇妙な行動ではあった。マディは死んだのだ。それを疑ってはいない。再会した時点で、彼女がまだ生きていたこと自体が驚くべきことだったのだ。あと数日ももたなかっただろう。それはわかっている。

マディに会わなければならないこともわかっている。何年もかけて戦場で磨きあげてきたわたしの全感覚が、大声でわめいていた。何かが、見たままではない。それを感じとることができたのだ。**死者は歩かない。**

ロウソクを取りあげ、扉を開けた。耳の中に耳鳴りのうねりが生じたので、それが過ぎ去るまでじっと待った。すると遺体安置台の上の屍衣に包まれたものの近くで、光がちらついた。高音が、わたしの頭蓋骨《ずがいこつ》の中で鳴り響いた。

ようやく光が薄れてから、前へ進んだ。屍衣に包まれたマデリン・アッシャーのそばに立って見下ろし、わたしは手を布に置いてから……ためらった。

このくだらない冒険を中止したい、と思っている自分がいた。どうしてここにいるんだ？　どうして泥棒みたいにロデリックの屋敷を動き回り、彼の妹の永遠の眠りをさまたげているんだ？　わたしは昔からの友人だが、わたしのしていることは親切なもてなしと友情に背く裏切りだ。こんなことをするのはわたしの柄ではない。

けれど、やはり何かがすごく、すごく間違っている。

屍衣をはぎとり、わたしはその場に立ちすくんだ。

それはマディだった。亡くなって二日たつのに、まったく腐敗していないように見えた。地下納骨堂のひんやりした空気が彼女の状態を保っていたのかもしれないが、そこまで冷たいとは思えなかった。もしかすると、死ぬ前のマディの姿が単純に衝撃的なものだったため、ちょっとした腐敗では、あれ以上悪くならなかったのかもしれない。彼女の髪の毛が屍衣にくっつき、わたしが屍衣を動かした石の遺体安置台の上に、白い髪の毛がこぼれた。

わたしの頭の中を真っ白にさせたのは、それではない。

マディの首は折れていた。遺体は注意深く、きちんと安置してあり、屍衣のひだが、彼女の喉の恐ろしい角度を覆い隠していたのだ。誰かが彼女にあざを作る間もなく、マディは死んでしまったのだが、その喉には土気色をした指の跡が散らばっていた。

かなり長い間立っていたので、ロウソクの燭台《しょくだい》の受け皿から溶けたロウがあふれ、わたしの手にこぼれた。するどいやけどの痛みで意識が戻り、わたしは燭台を斜めに傾け、屍衣の上にも、安置台の上にも、死んだ女性の肌の上にも、溶けたロウが一滴もこぼれないようにした。

それから屍衣を丁寧《ていねい》に元に戻した。そしてロウソクを手にして階段をそっと上がり、見回り中の偵察兵のように静かに動いた。いまわたしは、敵陣にいるのだ。そしてわたしとアンガスの命は、危うい状況にあるのかもしれなかった。

第九章

朝食をいっしょにとる二人のどちらが殺人者なのかを見極めようと思いながら席につくのは、かなり気分が悪かった。わたしは紅茶を飲み、誰とも目を合わせようとしなかった。そのいっぽうで想像力は高速回転し、頭蓋骨《ずがいこつ》の中で大暴れしていた。

デントンを選ぶというのは、至極当然である。デントンは医師なので、マディを検査して首が折れていることに気づかなかったというのは到底無理な話だ。けれど同時に、医師であるデントンには、あのようにお粗末な殺人の手段に訴えなくても、百と一種類の殺し方があるはずである。

それでもまだ、デントンを除外するには十分ではない。ときに、ひとはパニックになるものだ。おそらくマデリンへの報われない情熱という、激情にかられての犯行だったのかもしれない。そういった兆候は見なかったが、男はそういう感情をあらかじめ隠すものだ。デントンがやったに違いない。

そうなのか？

デントンの有罪を完全に確信したそのとき、なんとなく、ロデリックを目の端でちらりと盗み見た。罪の意識で苦しむ者がいたとすれば、それはロデリック・アッシャーであった。あらゆる音にびくつき、何度も後ろをふり返り、誰かが彼に忍びよると思っているみたいだった。使用人のひとりが紅茶のお代わりを持ってくると、ロデリックは悲鳴を上げ、音を立ててフォークを落とした。それから、わたしが彼をレディー・マクベスと呼んだときの仕草をふたたびくり返した。彼のおかしな行動のすべてを見て見ぬふりをしたとしても、ロデリックが妹を遺体安置台に乗せる手助けをしたのは間違いなかった。当然、彼は折れた首に気づいたはずだ。

いや、一番合理的な答えは、二人とも犯罪に関わっている、である。二人のうちどちらかがマディを殺したにしても、もうひとりが隠蔽《いんぺい》工作を手伝ったのだ。

ロデリックが、妹殺害の隠蔽工作を本当にするだろうか？　そもそもどうして彼女を殺すんだ？　マディはすでに死んだも同然だった。彼女の死を早めることで、何か得をすることがあるだろうか？

デントンが、ロデリックのために隠蔽工作をするのは信じられるけれど、ロデリックが、デントンのために隠蔽工作をするのは信じられないな、と思った。戦場で銃火を浴び、塹《ざん》壕《ごう》の中で過ごすロデリックをかつて見たことがある。彼がどういう人間かはわかっている。

十分勇敢ではあったが、図太いところはほぼ皆無だった。そして妹のことを心から愛していた。ロデリックに妹の殺害を隠蔽しようと思わせるくらい、デントンが強い影響力を持っているとは思えなかった。医師がロデリックを脅すということは、ほぼないだろう。ロデリックには、もはや時間をかける価値あるものは何もないのだから。そして、なんであろうと隠蔽工作のためになされた数々の行為は犯罪だし、そんなことをしたロデリックを誰もかばおうとは思わないだろう。しかも、彼の妹の首は折れていた……あんな……あんな……。

野ウサギみたいに。そう思った。そしてあの魔女ウサギの、じっと見つめてくる目をまた思い浮かべた。卵料理にフォークを突っこむと、フォークの歯が皿をこすってキーキーと音を立てた。するとロデリックが甲高い悲鳴を上げた。

「すまない」ロデリックは顔を覆った。「すまない。ぼくの神経の、このいまいましい不具合のせいだ。聞こえる……聞こえる気がするんだ……」

「かまわない」反射的に答え、テーブルを押して席を立った。もう食欲はない。「馬に乗ってくるよ」

天気は全然よくなかった。まだ霧雨が降っていて、空の色は、気味悪い緑がかった灰色へと変化しているところだった。歩道を上りきろうかというとき、草の中に動くものを見つけた。そして一羽の野ウサギが、じっとわたしを見つめているのに気づいた。

そいつをののしってから、ホブに拍車をかけた。ホブにそんなことをするのはふさわしくないし、ホブは何度かはねてから、自分にはふさわしくないことをされたとわかっているんだぞ、と知らせてきた。肩ごしに見ることはしなかったが、背後にいる野ウサギが、まるで見張りについている敵の歩哨《ほしょう》のように、係争中の領内にわたしが迷いこむかどうか確認しているのを感じとれた。わたしの姿が見えなくなったとたん、野ウサギが這って進み、仲間の野ウサギたちにわたしの存在を警告するところを想像してみた。

もちろん、野ウサギはそんなことはしない。野ウサギは、穴ウサギとは違う。穴ウサギは、まさかと思うが本当に自分たちの巣穴の周りに見張りを何羽かおいて、危険をお互いに知らせあうのだ。当然だが、この呪われたやつらについて、これ以上何がわかるというんだ? たぶん、わたしの説は正しいのだろう。病気が流行していて、たぶんその病気は、ロデリックと同じくらい、野ウサギをひどくおびえさせているのだ。

頭の中で、何かがカチッとはまった。突然わたしは、あの山の上の羊飼いの小屋に引き戻され、羊の病気についてわめきちらす彼の声に耳を傾けていた。「恐水病（狂犬病）でさ」

と、羊飼いは主張していた。「そう、羊がかかったんでさ。犬がなるやつとは違《ちげ》えます、でしょ？　犬は性悪になる。羊はばかになるんでさ」

病気が流行しているとして、それには二つの形態があるとしよう。ひとつは、マデリンのような症状。けれど、ロデリックもやはり衰弱していたよな？　恐怖。音への過敏な反応。あれらは病気の症状となりうるだろうか？　ストレスのせいではなく、病理学的なものと言えるだろうか？

ホブが速度をゆるめた。物思いから目を上げると、また別の野ウサギが道の端にいて、背をまっすぐにして座っているのが見えた。ホブは野ウサギを避けて通り、わたしは手綱を引いてそれを止めることはしなかった。ほんの一瞬、あのモノが突進してきて、ホブの足に嚙みつくんじゃないかと、ちょっと恐ろしくなった。

さらに二羽の野ウサギを見た後、それよりずっと大歓迎な姿をとらえることができた。ミス・ポッターである。小さなスツールに腰かけ、頭上に日傘を据え、キノコの水彩画に丁寧《ていねい》に色を塗っている。すると急に、彼女のことが心配になった。野ウサギたちが、ミス・ポッターのことも見張っているかもしれない。見張って、準備をしている……なんの？　嚙みつくため？　襲いかかるため？　どうにかして病気を広めるため？

ミス・ポッターはイーゼルの上にかがみこんでいて、アミダケの一種か、アッシャー家の地所に生息している無数の菌類の一種について、じっくり考え中に違いない。

菌類。

頭の中で、二つめの何かがカチッとはまった。菌類。わたしは頭を唐突に上げた。その動きが引き起こした耳鳴り地獄ですら、ある考えをかき消すことはできなかった。菌類。そうだ。壁紙を覆いつくして図書室の本にそっと入りこむ菌類の胞子《ほうし》、丸めたみずからの体を地面から押し上げるキノコ、アンガスが釣った魚に病をもたらすもの？

初めて会ったとき、ミス・ポッターはなんと言っていたか？ 菌類について何をご存じか知りませんけれど、この場所は特別なんですよ……本当にたくさんの独特な形状が……。

もしかして、原因は菌類で、病気ではないという可能性はあるだろうか？ もっと悪いのは、この地域だけの特殊なものとか？ デントンが特定できなかったのは、それが原因だろうか？

「生きているものに寄生する菌類があると、おっしゃいましたよね」ホブの背からすべり下りながら声をかけた。「以前、魚について話されましたよね。人間については、どうですか？」

「もちろんあります」ミス・ポッターは、まるでいままでずっと二人で話していたかのように話を続けた。そしてわたしのほうは、悪魔から追いかけられていたみたいに、早駆けでやってきたわけではない。いつだって観客がいることを喜ぶホブは、われわれのすばらしいスライディングストップ（高速で馬を駆けさせてから急停止させ、後足を滑らせるウエスタン馬術の演技のひとつ）は自分のアイデアだという素《そ》ぶりをし、ミス・ポッターはもっと感心すべきだと言わんばかりに、いばった歩きぶりを披露した。「白癬《はくせん》は菌類です。鵞口瘡《がこうそう》は、乳幼児に見られますけれど酵母《こうぼ》が原因で、多くの種の生き物に見られます。他にもありますが、ときには珍しいものもあります」

「そういう菌類の中に、危険なものはありますか？」ホブを近くへ引き寄せた。ホブは目をぐるぐる回しながら、明らかにこう考えていた。さっきの指示は「歩け、走れ、止まれ、歩け」というでたらめなものだったけれど、ご主人はもっと正確に指示すべきだぞ、と。

ミス・ポッターは、唇に指を軽くあてた。「あります。多くの場合、そういう菌類は危険だと認識されるべきなのですが、きちんと認識されているかどうかは、わかりません。顔や首に小さないぼがたくさんできた、インド帰りのひとたちがいますが、その症状は菌類が原因だと考えられています。またその症状のせいで死人がでているのです。それに屋内で生じるカビは、これまで瘴気《しょうき》の一因だと強く信じられてきました。当然ながら、いまでは細菌のことがわかっていますから、瘴気というのはすでに流行遅れの考えです。けれど、細菌が定着できることを考えると、カビが人間の肺を弱めるはずがないとは言い切れないんです」ミス・ポッターは、色々な意味をこめて肩をすくめた。「要するに、ええ、人間に影響を及ぼす危険な菌類があると、わたしは信じています。もちろん、菌類は魚を殺します。それに虫を捕る菌類もいて、それは感染とはちょっと違っているんですけれど……」

「待ってください、なんですって？」わたしは手をあげた。「虫を捕る菌類と言いましたか？」

「ええ、言いました。昨年、その菌類が、学会でたいへんな物議を醸《かも》したものです。ゾプフ（一八四六―一九〇九、ドイツの植物学者、菌類学者）というあるドイツ人が、活発に線虫を探し求める菌類を発見したんです」

ミス・ポッターが〝線虫《ネマトーダ》〟をいかにもイギリス人らしく発音するのを聞くと、〝線虫〟そのものにこわばった上唇がついている、という想像をうっかりしてしまったが、それが全然おもしろいと思えない時点で、わたしの神経がいかに混乱しているかという証拠となる。思い浮かべることができたのは、キノコの群れが獲物を追いかけ、はね跳びながら荒野を進む様子である。きっと滑稽《こっけい》に違いない。これは滑稽なことなんだと、しっかりと自分に言い聞かせた。「どうやって線虫を追うんですか？」

「粘着性物質です」ミス・ポッターは言った。「その菌類は、粘り気のある菌糸の網を分泌し、いったん線虫がその罠にかかれば、菌糸の網の細胞が線虫の体の上で芽を出し、さらに体内へと組織を広げて侵食してゆきます」

「そのせいで線虫は死にますか?」

「最終的には、死にます」ミス・ポッターの目がゆらめいた。線虫にとっては、気分のよい経験ではないだろうな、と思った。

唇をなめてから尋ねる。「菌糸とは?」

「多細胞性の繊維のことです。カビと、酵母の本質的な違いは、そこにあるんです」

ある考えが心の奥に浮かんできたが、まったく気に入らなかった。「それは、どういう見た目でしょうか? その菌糸というのは?」

「色々と異なる形態をとることができます」ミス・ポッターは答えた。「ですが、一番目にするのは白い繊維状のものです」

「繊維ですか」アンガスが、魚について語っていたことを思い出した。「ぬめっとした、フェルト生地のようなものでしょうか?」

「フェルト生地。たしかに、敷物くらいの厚みがあればそうなります」ミス・ポッターはおだやかにほほ笑んで、わたしを見上げた。「ですが、少量ですと、細くて白い髪の毛のように見えるんです」

「イーストン中尉。わたしたち、どこへ向かっているんでしょう？」

「地下納骨堂です。その……説明が難しくて。拡大鏡を使って、あなたにあるものを観察していただきたいのです」

「それって、菌類ですか？」

「死んだ女性の髪の毛です」

ミス・ポッターは、玄関ホールの中央で立ち止まった。わたしは誰の注意も引かないよう願いながら、彼女を急かして館へつれてきて、そしていま地下納骨堂へつれてゆこうとしているところだった。ミス・ポッターが何度も立ち止まり、説明を求めさえしなければ、もっと早く進めただろう。

「ミス・アッシャーについて話しておられましたよね？　中尉、あなたのことは賢明な人物だと思うようになっていたのですけれど、この件すべてに、なんだかものすごく、きなくさいところがありますね」

きなくさい、というのはものすごく控えめな表現のように思えて、わたしはつい大声を上げて笑ってしまった。「承知しています。本当にとんでもない話です。でも、ミス・ポッター、軍人としての名誉にかけて誓います——」

「わたし、軍人の知り合いが、かなり大勢いるんです」ミス・ポッターの声は、暗い影を含んでいた。

　彼女の知り合いについて、論じあうことはできない。じつのところ、わたしが「軍人としての名誉にかけて」と言ったのは、イギリス人女性の心をとらえる言い回しかもしれないと考えたからである。たとえば、イギリス人がよく使う言い回しの「じゃあね《ピップ、ピップ》」「乾杯《チエリオ》」「女王陛下万歳」みたいな感じで。破れた壁紙に手をあて、深呼吸する。

「ミス・ポッター。わたしが、この手で埋めた兵士たちの墓に誓います。あなたと、この家の者誰にも、害を加えるつもりはありません。けれどこの件を説明したところで、わたしが完全にいかれていると思われるだけでしょう。見ていただくほうが、ずっと簡単なのです。そして、わたしの誤解だったと保証してくださったら、あなたを町までお送りし、この館の主《あるじ》に何もかも白状するつもりです」

　ユージニア・ポッターは、きらきらする小さな目でわたしを見つめ、はっきりひとつうなずいた。「わかりました。『かかってこい、マクダフ！』（『マクベス』第五幕第八場）」

　デントンかアッシャー、または使用人のひとりに地下納骨堂へ向かう途中で会うかもしれないと思い、わたしの心臓はとび出しそうだった。ところがこの広い館が、今回だけはわたしの有利に働いて、誰にも会うことはなかった。ミス・ポッターを、どんどん薄暗くなってゆく廊下へ案内したところで、ランプもロウソクも持ってきていないと気づいた。

わたしがガラシア語で小さくののしると、ミス・ポッターは冷ややかな目をじっと向けてきた。「その言葉の意味はわかりませんよ、中尉。けれど、わたしなりに思うところはあります」

「申し訳ない、ミス・ポッター」

「んん、日傘を持ってくださったら、明かりを提供いたします」ミス・ポッターは巨大なバッグに手をのばし、小ぶりのシャッターランタンを取りだした。今度はわたしが、まじまじと見つめる番であった。

「ミス・ポッター！　それって、押しこみ強盗が使うやつですよね？」

「他人が、この手のランタンをどういう目的で使うかは、わたしには興味ありません」ミス・ポッターはつんと澄ました。「シャッターランタンは、太陽の位置が変化するくらい長い時間をかけて絵を描いていて、特定の角度から明かりをあてたいとき、とても役立つんです」そしてランタンの中のロウソクに火を灯し、シャッターを調節すると、わたしに手わたした。

「マダム」わたしは心の底から言った。「本当に驚くべき御仁だ」

「ふん！」

地下納骨堂へ続く階段を、二人でランタンの助けを借りながら進んでいった。扉から閂《かんぬき》の横木を外し、押し開く。シャッターランタンの光が、空っぽの遺体安置台と、床にさびしげに落ちている屍衣《しい》の上にあたった。他には何もない。

マデリンの姿は消え失せていた。

第十章

「中尉。中尉」

耳鳴りがひどくて、言葉が聞きとれない。ミス・ポッターの唇が動いているのだけが見える。わたしはひざまずいていた。地下納骨堂のじっとりした冷気が、骨身に染みこんでゆく。肩が痛んで、うずいた。

マデリンの姿はない。彼女の死体はない。誰かが動かしたに違いない。そう、もちろんそうに違いない。たぶんロデリックが、自分の犯罪を隠すために動かしたのだろう。マデリンが死んで三日たっているから、動かすには少し遅すぎるのだが、これ以外に説明がつかない。彼女が自分で動き、遺体安置台で身を起こし、屍衣《しい》を毛布のようにわきへどかす、なんてことを考えるのは愚かだ。死者は歩かない。

「中尉」

その言葉がかすかに聞こえてきた。命令口調だったため、わたしは無意識に背筋をのばしていた。「はい」おそらく、その声は大きすぎただろう。「謝罪します。ここに遺体があるはずでした。驚いたんです」

ミス・ポッターは、わたしに手を貸して立たせた。「中尉。ご友人が亡くなってから、あなたの神経がなんとなく混乱をきたしているんじゃないかと、心配なんです」

これは礼儀正しいイギリス式の物言いで、つまり彼女は、わたしの頭がおかしくなってわめいていると考えているのだ。その点について論じるつもりはない。とにかく、屍衣はまだそこにある。それを取りあげて遺体安置台の上に広げ、わたしが目にした白い毛を探した。

その毛を見つけたときの安心感は、強烈だった。少なくとも、これだけは現実である。そして布の一点を指さした。「ここです。これらは菌糸でしょうか?」

ミス・ポッターは、目を細めてわたしを見てきた。自分の菌類学が、わたしの狂気に巻きこまれるような気がするからだろう。けれど彼女は拡大鏡を取りだすと、観察するためにランタンを遺体安置台の上に載せた。わたしは心臓がとび出しそうになりながら待ち、開いたままの扉を見ていた。頭の中でかすかな声がささやく。あの扉が勢いよく閉じたら、閂《かんぬき》に横木がはまる音がして、ここに閉じこめられるんだろう。扉に向かってそろそろと数歩進み、蝶番《ちょうつがい》がきしむ音を聞いたとたん、そこまで駆けつけることができるだろうか、と考える。

「うーん」ミス・ポッターが言う。

「それはなんでしょうか?」

ミス・ポッターは、いらついた素《そ》ぶりを見せた。「時間をください」

「申し訳ない」わたしは、また感傷的な想像にひたった。なんとかして自分の罪を隠そうとしたロデリック・アッシャーの仕業だろうか? もしくは、もっと悪い何か? なんらかの恐ろしい力に操られた、白い服の人物によるのだろうか? 頭を半分失った野ウサギを動かし、立ち上がらせ、凝視させる力によるのだろうか?

死者は歩かない。死者は歩かない。もしも歩いたとしたら、それは……わからない。何か恐るべきモノだ。多くの人間を殺し、多くの死を見てきた。その誰ひとりとして、土の下で心おだやかでいないとしたら? 彼らが歩き回っているとしたら? 彼らと顔を突きあわせ、説明しなければならないとしたら?

「間違いなく菌糸です」ミス・ポッターは、拡大鏡を下に置いた。「隔壁《かくへき》のある菌糸なのか、隔壁のない菌糸なのかを確かめるため、もっと強力な拡大鏡を使う必要があると思います。それに、酵母《こうぼ》に見られる真菌類の仮性菌糸ではないとは言い切れません。ただし、人間の髪の毛ではないし、布の繊維でもありません」

「もしも、それらが人間の皮膚から生えていたと言ったら、どう思います?」

ミス・ポッターは、育ちのよさを感じさせる頬の動きを見せた。これが他のひとだったら、かなり大げさに肩をすくめていたところだろう。「腐生性真菌――えっと、つまり、腐食している有機体を餌とする菌類は――きわめてありふれたものです。見た目は悪いかもしれませんが、生きている生物の脅威にはなりません」

「そのとき、マデリンは生きていました」ミス・ポッターの視線から目をそらさず言った。「彼女の皮膚にその白い糸がたくさん生えていましたが、体毛が白くなったのだと思っていたんです」

わたしの経験からすると、イギリス人は、本当に取るに足らないことをじつに深刻に受けとめるのだけれど、彼らの前に世界をゆるがすほどの問題を突きつけた場合に、目をぱちくりさせることはない。ミス・ポッターは目をぱちくりさせたけれど、一度だけだった。それから目を落とし、拡大鏡を見た。「なるほど」

「この菌類のせいで、彼女が病気になった可能性はありますか?」

「仮に菌類が、かなり広範囲に広がっていて、皮膚を通して菌糸をのばしていたとしたら……その可能性はあります。それはたしかです」ミス・ポッターの感情の抑え方は、みごとなものであった。「ですが、彼女の遺体はどうなったのでしょう?」

死者は歩かない。一番の可能性は、罪をさらに隠そうとロデリックが遺体を動かしたと

いうことだろう。デントンは、ロデリックの何かがおかしいとわかっているはずだ。そして彼が隠蔽《いんぺい》工作をするときに力を貸したが、その理由を知らないのだ。理由がわかれば、おそらくデントンは何らかの手を打つだろう。「わかりません。でも、デントンには話すべきです」

「おっしゃるとおりです。みなに話すべきことです。もしもこれが、生きている宿主に寄生できる菌類だとすれば、ただちに食い止めなければなりません」ミス・ポッターはバッグに手をのばし、銀製の小さな携帯用酒瓶を取りだすと、両手に中身を勢いよくかけた。わたしの立っているところからも、鼻をつく強いアルコール臭がわかった。「手を出して、中尉。屍衣を触っていましたよね」

「マデリンに触りました」わたしは顔をしかめながら言った。「何度か。そして、掌《てのひら》で菌糸を引きはがしました」

ミス・ポッターの目が、わたしの目をとらえた。「でしたら、事後であっても、これが効くと期待しましょう」

地下納骨堂の床に、アルコールが滴《したた》り落ちる音が聞こえる。ミス・ポッターはわたしの指にウイスキーをふりかけ、わたしは両手をこすり合わせた。あの野ウサギたちも、感染していたのだろうか？　どうすればそれがわかる？　野ウサギの生皮に、白い繊維状のものが少しでもあったとしたら？

魚だ。ぬめっとしたフェルト生地みたい、とアンガスは言っていた。やはりこの菌類は、あの小さな沼から生じていたのか？　おそらく野ウサギが水を飲みにやってきたとき、菌類が、魚から野ウサギへと乗り移ったのか？

アンガスは、それに触っただろうか？

そして、マデリンの遺体はいったいどこにあるんだろう？


「デントン」わたしは大声を上げながら書斎へ入った。「マデリンがいない！」

デントンは、しばらくわたしをじっと見つめてから、その表情を和らげた。そして手をのばしてわたしの腕に触れた。「知っています」と、おだやかな口調で言う。「知っています。けれど、彼女はもうこれ以上苦しむことはありません。それに――」

「そうじゃない、くだらんことを言うな、愚か者め」うなりながら、わたしは彼の手をふり払う。英語は厄介だ――誰だって話の流れを追っていることはわかるのに、それ以上の言葉を使う。そして同じ言葉を、異なる三つくらいのことを言い表すのに使うのだから。

「彼女が死んだことは、知っている！　わたしが言っているのは、彼女の遺体がない、ということだ！」

デントンは目をしばたたかせた。「なんですと？」

「マデリンは地下納骨堂にいない。遺体安置台は空っぽだ。身柄提出令状じゃあるまいし、**遺体を出頭させる**なんてできない。これで、意味は通じていますかね？」（おそらくわたしの態度は、状況からいってあまり適切ではなかっただろう。けれど、これがわたしの欠点なのだ。イライラしてくると、ずっと嫌味っぽくなってしまうのである）。

「正気ですか？」

ミス・ポッターが、背後でつつましやかに咳をした。「お若いかた、断言できます。中尉のおっしゃっていることは、かなり正確です」

「ミス・ポッター？　ここで何を――？」デントンは明らかに、彼女がここにいることへの疑問を述べようとしていたが、もっと重要なことのためにそれをとりやめた。「いや、わからん。後で話しましょう。これはひどい状況だ」

「ロデリックが、彼女を動かしたと思いますか？」わたしは尋ねた。

罪の意識から目をそらすだろうと思っていたが、デントンはわたしの目をまっすぐ見てきた。「おそらくは」

「ロデリックはどこかおかしいと、わかっておられますよね」わたしはそっと言った。

「彼がしたことを、ご存じ――」

デントンは、手で空を切るような仕草でわたしの話をさえぎった。「いまはやめておきましょう」

「それでしたら、ともかくロデリックを探して――」

「彼はいま眠っています」デントンは答えた。

「それなら、彼を起こして――」

「睡眠薬を飲ませました。数時間は、目を覚まさないでしょう。いや、そんなににらまないでください、中尉。妹が地下納骨堂を歩き回る音が聞こえて、全然眠れない、と言っているんです。彼女が亡くなった後、ロデリックは一時間たりとも眠ったことはないと思いますよ」

「それこそ、わたしが言おうとしていたことなんです。ロデリックのこの奇妙な病は――マデリンが患っていたのと同じものなんです」

デントンは目をしばたたかせた。「えっ?」

「病気ではありません! 菌類なんです!――ああ、どうかお願いします、ミス・ポッター。あなたから説明してください」

ミス・ポッターはデントンをわきへつれてゆき、わたしの想定では、英語で腐生性真菌と菌糸について説明した。わたしは壁をじっと見つめ、思いをめぐらした。ロデリックは、罪の意識からマデリンの遺体を動かしたのだろうか。もしくは、地下納骨堂に彼女がいなければ、彼女の足音を聞かずにすむと考えたのだろうか。ああ、ちくしょう！　いまはマデリンの病気の正体がわかったのだから、どうにか対処できるだろうか。

「可能性はあります」とデントンは語った。「その可能性はあります。わたしにはとても思いつかなかったでしょうが、たとえどんな有能な医師だろうと、見るべきものすべてを見てきたとは言えないでしょう。けれど、それを証明する方法がわかりません。どうせ屍衣は、カビだらけでしょう」

「マディの遺体を解剖すれば、証明できるのでは」わたしは手短に言う。

「あなたのおっしゃる遺体は、ここにはない。それにこの菌糸を探すため、ロデリックの皮膚を切開する気も毛頭ありませんよ！」

わたしは歯を食いしばった。「でしたら、野ウサギを解剖するしかないでしょうね。今度は絶対に仕留めて見せます」

野ウサギを提供してくれたのは、アンガスだった。わたしは自尊心を飲みこんでアンガスのもとへ赴《おもむ》き、助けを乞うたのだ。「食用ではないなら、やりませんぞ！」とアンガスは言ったものの、それを細かく調べるつもりだと説明すると、頭をかしげた。「どの程度、新鮮なものがご入用で？」

「は？」

「歩道の終わりから百フィートも行かないところに、一羽おります。見たところ、沼に落ちたんでしょう。今朝、村からの帰り道に見かけましてな」

そこで、二人で勇んで探しに出かけた。案の定、そこには一羽の野ウサギがいた。顔を下に向け、体を半分沼にひたし、半分を水面から出している。無邪気にこの小さな沼まで迷ってきて、眠りこんだようにも見える。

わたしは乗馬用の手袋をはめていたけれど、枝の山から長い枝を探すために戻ってから、沼の水に触れずに野ウサギを引きあげた。アンガスはわたしに向かって眉をひそめたものの、何も言わなかった。

今回、朝食用のテーブルに集まったのは四人だった。とはいえ、そこに置いてあるのは、かなり食欲をなくさせるものであった。館で一番明るいのはその部屋だったし、それだけが全員が願っていたことだった。自分たちの部屋からランプやロウソクを持ってきて、テーブルが光で埋もれるくらいその周囲に集めた。デントンが自分の医療用カバンを持ってきて開けると、黒い革製のカバンの口から、解剖用メスが歯のようにきらりと光った。

「ミス・ポッター」アンガスは、帽子に触れながら言った。「またお目にかかれて、うれしいですな」

ミス・ポッターは、まさかと思うが、本当に顔をほんのり赤らめていた。「アンガス殿。こんなに早く、またお会いできるとは思っておりませんでした」

「すると、二人は知り合いですか？」考えてみれば、このところアンガスは、仕事がないと文句を言うことがなかった。といっても、わたしはそのことに注意を払えないくらい、ずっと悩んでいたのだが。

「ええ、そうです。ご親切にアンガス殿は、先日、日傘をまさに正確な角度で持ってくださいました。その間わたしは、本当に美しい**アマニタ・ファロイデス**（タマゴテングダケ）を描いたんです」

ミス・ポッターから傘で殴られないですむような、**ファロイデス**についての冗談をひねりだそうとしていたら、デントンが咳払いをした。そして、みなを現実へ引き戻した。

「最初の切開をはじめます」

「待って！」ミス・ポッターは部屋中を見わたし、積みあげた麻布のナプキンの山を見つけると、急いでみなにそれを配った。「鼻と口を覆ってください。これは確実に危険な菌類ですし、胞子《ほうし》がある場合、誰もそれを吸いこみたくはないでしょうから」

わたしは顔にナプキンをしっかり結びつけた。デントンは、これから駅馬車を襲って強盗を働くような気分だとかなんとかぶつぶつ言ってから、ふたたびメスを手に取った。わたしたちは黙ったまま、メスの刃が毛皮と皮膚を切り分け、もっと深く切開してゆくのを見ていた。

菌糸がどういうものかを見分けるのは難しい。皮膚と肉をつなぐ靭帯《じんたい》も、極細で淡い色をしている。けれど、いったんデントンが胸部を大きなハサミで切り開くと、野ウサギの何が問題なのかが明らかになった。

「ぬめっとしたフェルト生地ですな」アンガスが言った。「くそいまいま——失礼、奥様。あのいまいましい魚みたいですな」

デントンは、マット状の表面を、メスの先端で慎重に触れた。たしかに、臓器の表面に何かがへばりついているようだ。なんだかぬめっとした、繊維状のモノなのだが、マデリンの腕にあった白い菌糸ではなく、濃い赤い色をしている。その赤いモノは、海岸の岩の上で乾いているのを見かける海藻《かいそう》にそっくりで、ねばねばした薄い膜をあらゆるところに形成していた。

「この動物は雌です」デントンは冷静に述べた。**これが人間の場合、ヒステリー性カタレ**

プシーと診断されるのだろうか？と、わたしは思った。

ミス・ポッターは拡大鏡を取りだし、動物の上にかがみこんだ。動物の内臓から六インチのところに顔があれば気分が悪くなりそうだが、彼女はそんな素ぶりを見せなかった。そして「菌類です」と確認した。

「それは、野ウサギを殺すほどのものですか？」わたしは尋ねた。

「お教えする方法がないんです」ミス・ポッターは拡大鏡をケースにしまいながら言った。「この菌類についてわかっていることは、何もありません。有害性や、ここまで成長する速度などがわかりません。胞子の中には、急速に拡散されるものもあります。この野ウサギは、おそらく死んでからしばらく時間がたっているようです」

「溺れ死んだようですな」アンガスが助け舟を出した。

「仮に溺れ死んだとすると、おそらく肺には水がいっぱいたまっています」デントンは、ほぼ放心状態で左肺にメスを入れた。

組織が収縮し、ねばねばした白い中身がはみ出してきた。その見た目は脱脂綿のようで、ぎゅうぎゅう詰めにされていた胸腔《きょうくう》から、とび出してきたように見える。デントンは悪態をつきながら、さっと後ろへ下がった。

「危険なものかもしれませんが、続けましょう」わたしは言った。「それと、溺れ死んだにしては異常だと思います」

「これは驚いた」デントンが右肺を切開すると、白い脱脂綿のマット状の菌類がふたたびはみ出してきた。デントンはテーブルの上からフォークをつかみ取り、肺をつつきはじめた。わたしは吐き気を感じた。野外で解体した動物は何匹もいるし、内臓は気にならないのだが、これはまた何か別モノだった。

デントンはゆっくりと首をふり、フォークを下に置いた。「両肺とも、これがぎっしり詰まっています。こんなことはあり得ません。肺は空洞ではなく、蜂の巣状になっているんです。しかし、これが肺の中に入りこんで……なんらかの形で、内部組織を侵食していったように見えます」

「非常に多くの種類の菌類にとって、増殖する場合、温かくて湿った生育環境はとても役立ちます」ミス・ポッターは言った。

「そうです。しかし、まさかこれが生き抜くには——」

その動物が動いた。

テーブルのそばには、三人の退役軍人がいた。歴戦の兵士たちで、一度ならず国のために立派に勤め……そしてわたしたち三人ともが、小さな子どものように大声で叫び、恐ろしさのあまり後ずさりした。

野ウサギは、二度、足を蹴った。自分の内臓が外にさらされていることは気にならないようで、どうにかして転がろうとしていた。アンガスは、ミス・ポッターの前にさっと立った。わたしは、自分の椅子ごと後ろへひっくり返った。これは結果的に幸運だったと言える。なぜならデントンが、手にしていたメスを急に横へふり回したので、背中を床へ付けていなければ、わたしはそのメスで簡単に刺されていたところだった。

体を起こしてみると、野ウサギはテーブルの上で這いまわり、幅広のピンクの汚れをテーブルクロス中に残していた。デントンは部屋の隅で震え、アンガスは呆然としている。ミス・ポッターは日傘をくるりと回転させ、野ウサギがその場から動けないよう先端で押さえつけた。「みなさま。どなたかが、もう一度これを殺したいのでしたら、この場に静かにとどめておきます」

ほぼ機械的に、わたしはデントンのカバンに手をのばし、大きな肉切り包丁とよく似た重量感のある刃物を取りだした。野ウサギはぴくぴく動き、テーブルクロスの上でボートこぎのような足の動作をした。舌にかすかに胆汁の味を感じた。

肉切り包丁でしっかり一度叩き切ると、野ウサギの背骨が切断され、体がぐにゃっとなった。野ウサギの体が頭から確実に離れるまでわたしは切るのをやめなかったし、そうなっても続けていたかもしれない。けれどアンガスが、肉切り包丁をわたしから取りあげた。

「終わりました」アンガスは言った。

「まだです」ミス・ポッターは言った。「頭が、まだ動いています」

日傘の先端で押さえつけられている野ウサギの頭を見ると、その口が開いたり閉じたりし、鑿《のみ》のような形をした歯がテーブルクロスを咥《くわ》えているのがわかった。そこでわたしは吐き気を催し、洗面所へと走っていった。


食べ物の記憶すら出しきって胃が空っぽになると、わたしはふたたび部屋へよろよろと戻っていった。アンガスたちは、ぴくぴく動いている野ウサギにテーブルクロスをかけ、なんの変哲もない塊《かたまり》にしていた。デントンは、顔に巻きつけている麻布のナプキンと同じくらい蒼白になっていて、立ったままカバンに荷物をつめ直していた。そして「菌類は、脊椎《せきつい》の最上部で、ものすごい密度で成長していました」と、うわの空のこわばった口調で言った。「脊柱を完全に包みこんで、頭蓋骨《ずがいこつ》の中へ侵入しています」

「けれど、背骨を切断すれば体は死にます」わたしは言った。マデリンの遺体や、傾いた頭のイメージが目の奥に浮かんできた。

「**違います**」デントンはカバンを勢いよく閉じた。「あの野ウサギは、死んでから数日たっています。あれがなんであれ、あやつり人形のように動き回りました。わたしたちがしたことは、主要な糸を切っただけです」

「そしてまた、切られたままではいないでしょう」ミス・ポッターの声は、四人の中で一番落ち着いているように聞こえた。「申し上げたように、菌類の中には、成長速度が非常に速いものがいます。この検体をそのままずっと放置しておけば、接合部が再生し、また動きはじめるのではないかという懸念があります」

「ちくしょう」わたしは両手で頭を抱えこんだ。死者は歩かない。ただし、たまに、動く場合がある。「すると、マデリンは……」

「やめろ」デントンは怒鳴り声に近い声を上げ、少ししてからこう言った。「この件を片付けましょう。わたしは……他のことを考えられません。まだ、いまは」

「沼に捨てるというのは?」わたしは言った。

「それは勧められません、中尉。これが水を通して侵入するとしたら、水を飲む者は誰だって感染する可能性があります」

アンガスの口ひげが垂れ下がり、アンガス自身もしょんぼりした。「ミス・ポッター」と、静かな声で口を開く。「そいつは、もともと沼の中にいます。魚の中にもいます。われわれの飲み水は、すべてあの沼からひいたものです。ここにいる全員――そのうち三人は――数日にわたってその水を飲み、風呂に使っておりました」

「わたしは数週間です」デントンは言った。

彼女の名誉のために言うと、ミス・ポッターは恐怖のあまり、わたしたちから遠ざかるようなことはしなかった。ゆっくり一度うなずき、こう言った。「そうしますと、残念ですが皆様、三人ともすでに病にかかっている可能性があります」

デントンはひとりでうなずいている。わたしは自分の腕を見下ろし、上質な黒い毛織物の下にある肌を思い浮かべた。袖をまくりあげたら、長くて白い繊維が、肌の表面から生えているだろうか？

「焼き払いましょう」わたしはテーブルクロスの塊をぎゅっとつかんだ。テーブルクロスの内側が、ぶるぶる震えているような気がした。「アンガス。オイルランプを持ってきてくれ」

馬屋そばの中庭は、寒々としていた。馬たちは馬房に押しこまれている（ああ、どうしよう。あの忌《い》まわしいモノは、ホブの体内にも入りこんでいるのか？　ここへつれてきたことで、ホブを殺したことになるのか？）。みなで中庭を通りぬけ、草ぼうぼうの菜園と、焼却用のぼろの山のところへ向かった。ぼろの山は、気の毒なほど小さかった。館を温めるために使う屑は、すべてあさった後だったのだ。

わたしは、テーブルクロスとその中身を黒ずんだ敷石の上に下ろし、アンガスがテーブルクロスの上にランプのひとつの中身をあけ、ひざまずいて火をつけた。わたしたちは、その周りで肩を寄せあって半円を作り、炎の熱さを感じられるくらい近くに立った。あのケダモノが灰になるまで、この場を去るのは気が引けた。たまにアンガスが枝で火をかきたて、そしてみなでロデリックのランプのオイルをやたらとふりかけ、この仕事を終わらせようとした。

もう少しでこの仕事が終わりだという頃にはだんだん夕方が近づいていた。館のほうをふり向いたとき、ミス・ポッターが驚きの叫び声を上げ、みなが動きをぴたっと止めた。

「あの光は何かしら？」

淡い緑がかった光が、館のはずれ近くを包んでいた。あまりにかすかな光だったので、もっと空が明るければ気づかなかったかもしれない。しかし暗闇を背にすると、浮き彫りになって見えた。

「火事？」デントンはそう言ったものの、信じていないようだった。「えっと……化学反応の火かな？」

わたしたちは、あの小さな沼の端が目に入るところまで、もう少し歩くしかなかった。やがて新たな疑問がいくつも生まれた後に、答えが出た。

沼が光っていたのだ。

数日前、わたしが見たのと同じもので、目に見えないものの形の縁をなぞりながら点滅する光が、互いに追いかけあっている。けれど前回見たときより、ずっと明るい。その光は水面に漂ううっすらとした霧をとらえ、青白い光を放つ靄《もや》へと変えている。沼の水そのものが鼓動するように脈打つのだが、どんな人間の心臓の鼓動よりずっと速い。野ウサギの鼓動と比べたらどうかと考えてから、わたしは周囲を見わたした。

それほど遠くないところに、映しこんだ緑の炎で目を輝かせた一羽の野ウサギが、立って、こっちをじっと見ていた。

「アンガス――」

「見えております」

四人で、沼の縁をゆっくり、ゆっくりと進んでいった。光はますます明るくなっていった。野ウサギは後を追ってこなかった。暗すぎたので、他にも野ウサギがいるかはわからなかった。やつらを意識したせいで、わたしは鳥肌がたった。

ようやくわたしたちは、館へ続く歩道の前に立っていた。「そうですね」ミス・ユージニア・ポッターは、明滅する水をじっとのぞきこみながら言った。「わたしから言えますのは、菌類学の学会誌にこういうものはこれまで報告されたことはない、ということです」

「どうしたら菌類を殺せますか？」わたしはミス・ポッターに尋ねた。「一刻を争う事態なんです！　こういうものは、どうすれば死にますか？」

ミス・ポッターは沼から目をそらし、わたしをぼんやりと見つめた。そして「抗真菌薬？」と、ようやく口にした。「抗真菌性の特性を持つ木がありますし……なんらかの粉末とか……もしくは、過酸化水素とか？」

「ご存じではないと？」

「わたしは、キノコの絵を描いているんですよ、中尉！　いつもは、菌類を生かしておこうとしているんですから」

わたしは両手で頭を抱えた。

「軍隊では、足の水虫をアルコールで処置していました」デントンが言った。「アルコールの中に足をつけさせたんです」

「たしかにそれは効果があります。ですが、どれだけのアルコールを手に入れられますか？」ミス・ポッターは尋ねた。「沼全体をアルコール漬けにできますか？」

「リヴリットの瓶が一本あります」わたしは言った。「それと、館にはいまでも、たぶんワインセラーがあります。とはいえ、選り抜きのものが置いてあるのかもしれませんね」

ミス・ポッターの表情は、ワインセラーは役に立たないだろうということを示していた。「気にしないでください」わたしは点滅する光を見ながら言った。「気にしない、気にしない。わたしたちでなんとかします。わたしがなんとかします。アンガス……」わたしはふり向いた。「アンガス、ミス・ポッターをつれて、ここから遠くへ行ってほしい。ホブをつれてゆけ。荷馬車が手に入ったら、ホブは馬屋に置いてゆくんだ。わたしたちの誰かが生き残れたら……ああ、ちくしょう。わたしたちの馬は、どちらも感染しているかもしれない」

「手配します」と、アンガスが言った。不安はまったくなかった。アンガスは軍隊で、二頭の馬のことよりはるかに複雑な後方支援の手配をずっと仕事にしていたのだ。

「中尉！」背筋をのばし、まっすぐ立ったミス・ポッターが口を開いた。そうするとわたしより身長があり、こちらを見下ろしてきた。「ご安心ください。わたしは、安全のため付き添いが必要な、内気な人間ではありません。気を失うかもしれない、とお思いなのかしら！」

「ミス・ポッター。そんな提案をしようなんて、夢にも思ったことはありません。けれど、あなただけが、わたしたちがここで科学的に解決しようとしているモノの見当がついている人物です。そして、ひどくばかげたことに聞こえない方法で、行政機関に説明できる見こみのある人物なのです。それにもし感染が起きている場合、もしくは病気の蔓延《まんえん》、または……なんとでもこの状況を呼べることについて……行政機関は警告を受けるべきなのです。アンガスがあなたに同行し、あなたの言うことを真剣に聞いてもらえるようにします。なぜなら……その……」わたしは前かがみになり、抑えた声で言った。「女性が、男性に何かを言おうとした場合、男性がどういう態度をとるかはご存じでしょう」

ミス・ポッターの表情が和らいだ。重いため息をつき、日傘を手に取る。「その点については間違っておられませんよ、中尉。よくわかりました」そして明るい光を放つ沼に、最後にもう一度、暗い眼差しを向けた。

ミス・ポッターとアンガスは馬屋の中へ姿を消し、すぐに出てきた。ミス・ポッターはホブに乗っていた。ホブはなんとなく驚いているようだったが、すごくお行儀よくしていた。「おまえが乗せているのは、教養あるイギリス人のレディーだ」と、わたしは忠告した。「王位継承順位は、たぶん十五位くらいだ。おとなしくするんだぞ」

「百十五位くらいでしょうね。おかげで安心していられるんです」ミス・ポッターが、ホブの首を軽く叩く。「この沼で起きることを、とにかくしっかり記録しておいてください、中尉。この件を見逃すのは、本当につらいんです」

「菌類学学会を、心胆寒からしめるくらいの観察をしておきましょう」わたしは約束した。

「アンガス、野ウサギに気をつけろ」

「はい。それと若は、ご自分の命に気をつけるんですぞ。新しい将校を仕込むには、わたしは年をとりすぎました」

二人は、暗がりで安全に移動できるかぎりの速さで、道を下っていった。二人の姿を見送り、デントンのほうへ向き直った。

「それで、どうするんです？」沼をのぞきこみながら、デントンが言った。光の見世物はしだいに終わりに近づいていたが、いまだに黒々とした水の中で、間を置きながら高速で点滅している。

「さてと」わたしは冷ややかに言った。「二人は行きました。では、話し合いましょうか」

第十一章

「マデリンの首が折れていることは知っています」わたしは言った。「ロデリック、だと思うんですが」

デントンは大きく息を吸いこんだ。「どうしてそれをご存じなんです?」と尋ねてくる。

「地下納骨堂へ行って、見たんです」

「ああ」デントンは顔をしかめた。「殺人ではありません。おっしゃっているのが、そういう意味でしたらね。あれは、そうではなく――つまり――」そして顔をこすった。「酒が欲しいな」

「飲ませてあげますよ。そうしたら、全部話してください」

リヴリットの最後の瓶を、よりによってこんな理由で消費するところだったが、幸いなことにデントンは自分のブランデーを持っていた。話を聞くために訪れた彼の部屋はわたしの部屋と大差はないものの、従者はつれていなかった。

「ロデリックは、一か月前にわたしを呼びました」デントンが椅子に崩れるように座りこむと、ほこりと、おそらく胞子《ほうし》が舞いあがった。しかし実際のところ、この時点でもうひと吹き舞いあがったところで、どうだというんだ？

「カタレプシーのせいですか？」

「厳密には違います」デントンはブランデーをがぶ飲みした。「彼が心配していたのは、マデリンの精神の錯乱です」

「その錯乱とは、どういうものです？」

デントンはうめきながら、立ち上がり、自分の持ち物をあさってぼろぼろの封筒を探しだした。「これです。読んでから質問攻めにしてきても、無駄ですよ」

手紙を開くと、ロデリックの蜘蛛《くも》の巣のように細い筆跡に見覚えがあった。ロデリックは、時候の挨拶になど時間をかけていなかった。

デントン――

きみの助けが必要だ。マデリンが、どうしようもないくらいどこかおかしいんだ。この数年苦しんでいるカタレプシーのせいだけではない。溺死しかけてからというもの、奇妙な精神錯乱の呪いにかけられてしまった。この呪いのせいで、まったく別人みたいなしゃべり方になってしまう。ある朝は完全にマデリンなんだが、午後になると、使用人たちに、まるで小さな子どもみたいな口調で話しているところに出くわすんだ。色々なものを指さしてその名前を尋ね、びっくりした様子を見せる。その声は、とにかく奇妙なんだ。ぼくがマデリンと向きあうと、すぐに元のマデリンに戻るんだが、すごくおかしな行動をとるし、ずる賢いところもある。そして、ほんの一瞬、頭が混乱しただけだと言ってくる。

マデリンの行動は、使用人たちを怖がらせている。最悪なのは、以前何者かが、こういうふうにしゃべっているのを聞いたことがあったんだが、それは彼女のメイドのアリスがマデリンみたいに話していたんだ。たまに二人が、マデリンの部屋で話しているのを立ち聞きすることもあった。そんなときは、マデリンを笑わせようとして、アリスがマデリンの物まねをしているんだろう、と思っていた。

ぼくが、とんでもない勘違いをしていると思うだろうね、デントン。でも、マデリンがあの声で話すのを聞くと、病気ではなく、悪魔憑きの話が浮かんでくる。悪魔に憑かれたマデリンを目にするのが恐ろしい。

きみが理性のある人物だということは知っている。ぼくも努力しているが、このひどい建物が神経に悪い影響をもたらしている。頼む、お願いだから、きみの心にお互いへの親切心が少しでも残っているなら、助けにきてくれ。

署名はロデリックのものだった。手紙を二度読んで、あの晩、夢遊病で歩いているところを見つけたときのマデリンが、奇妙な話し方をしていたことを思い出した。それと、あの数え方。「**マディ、違う**」と言っていた。

彼女がマディではないなら、誰なんだ？

「当然ながら、憑きものは信じておられないでしょう」わたしは顔を上げながら言った。

「『ホレイショー、天と地の間には色々あるんだ』（『ハムレット』第一幕第五場）……いや、そういう特殊なものは信じていません」デントンはひと呼吸置いてから、静かに口を開いた。「そういう特殊なものを、**信じていなかった**というわけです」

「それで、いまは？」

デントンは首を横にふった。「自分が何を信じているのか、もうわかりません。声をかけたときのマデリンは、これまでと変わらなかった。彼女が、彼女でなくなるまで」

「説明してください」

「無理です。合理的な説明はできません。どうやらマデリンの精神にある種の転換が生じたらしく、それ以来彼女の話し方が変化しました。わたしがこれまで見てきた症例とは、まったく違います」デントンは天井をじっと見つめた。「失語症にみられる不明瞭な会話は、たいていカタレプシーと診断されます。われわれは酔ったとき、そういう状態になります。ああ、嫌だ。わたしは三流の軍医なんですよ、イーストン、手足を切り落とすんです。精神鑑定医ではないんです」デントンは顔をしかめた。「彼女が溺死しかけたと、教えましたよね?」わたしがうなずくと、彼は話を続けた。「ロデリックが考え――そしてわたしがしだいに受け入れたのは――溺死しかけたわけではなかったというものです。発見したとき、彼女は水中に数時間いた状態だった、とロデリックは言っていました」

わたしは目を見開いてデントンを見つめ、意味をなす言葉を探そうとしたが探せなかった。「なんですと?」

「わたしはロデリックが混乱したのだ、と考えました」デントンは率直に述べた。「当然ですが、恐怖でうろたえると時間の感覚は遅くなります。ロデリックはマデリンを水から引きあげたとき、あまりにも遅すぎたと思ったのでしょう。それで彼女を地下納骨堂へ運び、夜半まで彼女のそばで泣きじゃくっていたんです」

わたしはぐっと唾を飲みこんだ。「それで?」

「そうしたら、彼女が目を覚ましたんです。そして、彼がひどく動揺した、あの声で話しはじめました」

「そんなこと、どうしたら起こり得るんですか？」マデリンは本当に溺れたんでしょうか？」野ウサギがぴくぴくと動いたのを見たにもかかわらず、野ウサギがこんな質問をした理由はわからない。とはいえ、野ウサギは人間と同じではないだろう？

デントンは首を横にふり、「溺死というのは、奇妙なものなんです」と認めた。「亡くなったと思ったずっと後になって、たまに意識が戻るひとがいます。それも、特に冷たい水の中にいた場合です。ともかく、彼女が溺れ死んでしまったとロデリックが言い張ったとき、わたしが彼に伝えたのもその点でした」デントンはふたたび椅子に沈みこんだ。「そして、わたしはずっと信じてきたんです。マデリンはひどくおびえながら目を覚ました後、意識がちょっと朦朧《もうろう》としていたのだ、と。さらにロデリックは、マデリンが実際よりも長く水中にいたと信じて慌てたのだ、と」

「そしてこの事件の後、マデリンはしだいにこの……別の自分を、生じさせたのだと」

デントンはふたたびうなずいた。「わたしは溺れかけたこととと、あまり関係はないと考えました。より可能性があったのは、メイドの自殺の結果、彼女の別人格が生じたというものでした。二人は仲がよかった。おそらくマデリンは、二人でしていた遊びを、なんとか続けようと必死だったのではないかと思います」

「それで、いまは？」

デントンは鼻を鳴らした。「いまは、明らかではないですか？　この菌類ですよ。彼女の変化を、なんらかの形で引き起こしているんです。まずはメイドに、それからマデリンに。たぶん幻覚誘発性の効果か、それに似たものを、単純な中毒によって引き起こしているのでしょう」

「マデリンを殺す理由は？」これは、どの程度まで自分が耐えられるかを測る手段だった。そして、特に何も非難めいたことを口にすることなく、この質問をすることができた。

「ロデリックは、妹を殺すつもりはなかったと言っています。そうではなく、彼女の体を乗っとったモノを殺したのだと」

「すると、沼で菌類が彼女にとりつき、いまは彼女を装って、今回のようなふるまいをさせた……」

「そのように思えますね」デントンの表情は厳しい。そして一瞬の間を置いて、抑揚《よくよう》のない声で言った。「ロデリックが彼女を殺した後、わたしはどうしたらよいかわからなかった。何が起きているのかわからなかったのだが、ロデリックが、アレは邪悪で、マデリンを食いつくそうとしていると言っていた。そして……神よ、どうかわたしにご慈悲を。彼が間違っていたとは言えないのです」

わたしは、あの晩のマディの笑顔を思い浮かべた。うつろな目とひきつった口元、そしてわたしをひるませたあの身ぶり。邪悪というのは、ふさわしい言葉ではないかもしれない。けれど、ロデリックがその言葉に思い至った経緯はわかる。「それで、あなたは彼をかばったわけだ」

「そうです。間違っていたとわかっています。ですが……」デントンは両手を上げ、そのままぱたんと下ろした。「彼もまた死にかけているんです。この様子では、長くはもたないと思います」

「わかりました」わたしは言った。「わかりました」言うべき言葉をどうにか型どおり口にしてから、代わりにブランデーを飲み干した。思いっきり酔っ払いたかった。馬に乗って、その馬がつれて行ってくれる最速の速さで立ち去りたかった。けれどホブは行ってしまったし、アンガスもいない。デントンとわたしは真実を知ったが、言葉にすると現実になってしまう気がした。ああ神よ、現実であってほしくないと、どれほど願っただろうか。

タンブラーを置き、わたしは深いため息をついた。「いまのマデリンは、あの野ウサギみたいなものです」そして険しい顔つきで話を続けた。「だから、遺体安置台の上にいなかったんです。アレは、彼女を動き回らせている」

その後、お互いの勇気を称えて飲み、二人でどのくらいそこに座っていたかわからない。たぶん、あまりにも長い時間座っていたと思う。しかし遅かれ早かれ、行動しなければならない。または、何もしないでいることを受け入れなければならないだろう。

「彼女の遺体を見つける必要があります」わたしは椅子から立ち上がった。

「きっとまだ地下納骨堂にいますよ」デントンは言った。「アレは、間違いなく、彼女を遠くへは動かせないはずです」

わたしはデントンをじっと見つめ、彼が野ウサギたちと、あの小刻みに上下しながら這いずる動きを見ていないのだと思い至った。彼が見たのは、テーブルの上にいたあの一羽の野ウサギが、押しとどめられるまで数フィートどうにか動いたところだけである。「わたしが思うに、アレは、たぶんそれ以上のことがいくらかできますよ」

デントンはブランデーの瓶をつかみ、中身を飲み干した。「ロデリックに、彼女のそんな姿を見せるわけにはゆきません。遺体を焼却しなくては」

わたしはうなずいてランプを手に取り、デントンも同じくランプを手に取った。ピストルはまだ携帯しているが、マディの遺体を撃ったところでなんの役に立つだろう？　撃っても、野ウサギの動きを止めることはできなかった。

地下納骨堂への階段は暗くひんやりとしていて、わたしもデントンもびくついていた。

二つのランプが動くたびに影がちらつき、影のひとつがあまりに大きくぼんやりと迫ってくると、二人とも後ずさりしていた。

「わたしたちは二人の子どもで、二人の兵士ではないな、と思っているんでしょう」と、わたしはつぶやいた。デントンは小声で何かを言ったが、よく聞こえなかった。

最下層から十段くらい上のところで、わたしは立ち止まった。デントンは、危うくわたしの背中にぶつかるところだった。ランプを高くかかげ、わたしは納骨堂の扉を浮かび上がらせた。

閂《かんぬき》が外された納骨堂の扉。

扉は、このとき少し開いていた。

「なぜ立ち止まったんです?」デントンが小声で言った。

「扉が開いています」

「この前は、閉めたんですか?」

「閉めたと思います」とはいえ、閂はかけなかった。空っぽの納骨堂に、どうして閂をかけるのだ? 「ロデリックが、中へ入ったかもしれないとか?」

「ロデリックは、室内便器で用を足すことすらできないんですよ」デントンはためらってから、しぶしぶと言い足した。「もちろん、わたしは最初から間違えてばかりでした。ですから、わたしの医学的見解は、偽五セント玉（「一文の価値もない」の意味）なみです」

〝偽五セント玉なみ〟とはいったいなんのことだと思ったが、いまは質問するときではないようだ。そこで最後の数段を下り、扉を押し開いた。

遺体安置台は、やはり空だった。「マディ?」とわたしは呼びかけた。声の反響が、まるで鳥の群れのように部屋中をめぐった。自分の声が、廊下に沿ってかすかに響きながら納骨堂の一番奥まで達し、歴代のアッシャー家の者たちが朽ちはてて横たわる地下墓所の中へ入ってゆく。

返事はない。わたしは少しでも音を聞きとろうとした。からまる布地の衣擦《きぬず》れ、手足を一本ずつ動かしながら自分の体をひきずる音。

何も聞こえない。

「彼女はここにいない」わたしは言った。

「ここにいるはずです。彼女があの階段を全部上がりきったとは、言えませんよね」デントンは言った。

「どうしてできないと?」この数時間というもの、わたしの頭のどこかである疑念がうっすらわいていて、それを抑えようとしていた。言葉にしなければ、そんなこと全然考えてもいない、というふりができる。

「なぜなら、彼女は死んでいるからです！　それにあれは菌類で、違う……違う……」デントンは必死で言葉を探った。「あれは見せかけだけのキノコです！　もしかしたら、体を激しくばたつかせることができるかもしれませんが、それだけです！　彼女は、きっと遺体安置台から転がり落ちただけで……」

わたしはランプをかかげ、部屋の隅々に光を投げかけた。「周りを見てください、デントン。彼女がいますか？」

デントンは一歩踏みだし、遺体安置台の周りをぐるりと歩いた。彼女の遺体をそこで見つけようとしていたのは明らかだった。ミス・ポッターとわたしが遺体をまるごと見過ごしたかもしれない、と考えた点を非難しようかとも思った。しかし、考えまいとしている彼なりの理由がデントンにはあるのだ、という気がしていた。

遺体が見つからず、デントンはふたたび安置台の周囲を歩き、それから廊下へ数歩進んで、奥の地下墓所へ向かった。そして、これ以上進まないほうが賢明だと判断し、立ち止まった。「扉はたしかに閉めたんですか？」

「はい。門は、かけ忘れたかもしれませんが、ミス・ポッターと二人で扉は閉じたと思います」。わたしは手を上げた。「ええ、わかっています。菌類が理解するには、扉というのは複雑すぎる。ですが、ほら、わたしたちはここに入れたわけですし」

「ロデリックがやったに違いありません。もしくは、使用人のひとりです。この話をされたのなら、あなたのところのアンガスが……」

「アンガスでは**ありません**」

「それなら、使用人でしょう」

わたしは彼を見ただけだった。デントンは不満げな声をもらし、ランプを手に持って階段のほうへ大股で戻っていった。わたしも彼の後を追ったのは、彼がひとりで、地下墓所の暗闇の中に消えていってほしくなかったからだ。**もしもそこに、マデリンがいたら？ 待っていたら？**

わたしは視線を落とし、短いののしり声を上げて急に立ち止まった。

「どうしたんです？」デントンはふり返った。ランプの炎が、オレンジ色の針でつついたような小さな穴になって、彼の目に映っている。

「床を見てください。あの**ほこり**を見てください」

廊下のほこりをいじって動かすというのは、何年もなかったことだろう。おそらく何十年も。ロデリックの父親が亡くなって、どのくらいたつか思い出せない。ほこりは、ぶ厚い絨毯となって床中に広がっていた。

二本の足跡が、くっきりと浮き彫りになっていた。ここを小さな足の誰かが足をひきずりながら歩いてから、それほど時間はたっていない。足は床をひきずっていて、こすれて不明瞭な線を残しているものの、数フィートごとに紛れもなく裸足の指の足跡を残していた。その後、足跡は逆方向へ戻っている。

デントンは、痙攣《けいれん》を起こしているかのように唾を飲みこんでいた。「誰かが、ここへやってきたんだ」

「誰か。そうですね。そして戻っていった」わたしは、納骨堂の中央部へと一歩下がった。デントンの顔にさっと感謝の表情が現れ、それから二人で急いできた道を戻った（二人とも走りはしなかった。そんなことをすれば、走って逃げるべきものがあると、認めることになってしまうから。そして、怪物に捕まるかもしれないことを、すべての軍人の心に住んでいる小さな子どもが知ってしまうから。だから、二人とも走らなかったのだが、ほとんど駆け足になっていた）。

扉は開いたままだった。ここの床は、非常に多くの足跡で上書きされすぎていて、誰がどこへ行ったかについての手がかりを得るのは難しかった。わたしは納骨堂の扉のところへ行き、考えようとした。どっしりした木材で、金属製の唐草模様の装飾がついていて、呪われたこの館の他のところと同じくゴシック様式である。マデリンは、わたしより少しだけ背が低い。もしも彼女が扉に触れたとすれば……。

「デントン」

「なんですか？」

わたしは黙ったまま指さした。誰かが扉にもたれて体重をかけた場合、腕がちょうど当たるあたりに、鉄製の輪形の取っ手があって、その横に金属製の十字架がついていた。十字架の縁に沿って、何十本もの白い毛がくっついていた。


それは屍衣《しい》が扉にこすれたからに違いない、と、デントンが主張してくるだろうと思っていた。ところが彼は、白い毛をずいぶん長い間じっと見つめてから一気に息を吐きだし、肩をいからせた。「なるほど」

「彼女は、奥の地下墓所のほうへ自分で歩いて入っていった。そして、また歩いて出ていったんです」二本の足でそれをやりのけ、それから扉を動かしたのだ。

デントンは一度うなずいた。そして扉から目をそらさなかった。

「デントン。わたしたちは、ひとつの可能性と対峙しなければなりません。つまりマデリンには……」わたしは必死で言葉を探し、ようやくこれに落ち着いた。「……意識があるのだと」

「それはあり得ません」デントンは、ごくさりげない感じで言った。「どのみち、意識があったとしても、彼女はこれまでの行動を思いとどまろうとはしていませんよね？」

「ではなぜ、意識があるなんてあり得ないと？」

「なぜなら、彼女は死んでいるからです。それにキノコに意識はありません」

「仮に、彼女は死んでいないとしましょう。いや、わたしの話を聞いてください。あなたはおっしゃった。時にひとは溺れて、死んだはずだとされてから意識が戻ることがあると。そうでしたよね？」

「数時間ですよ、中尉。数日ではありません」

「仮に、菌類が彼女を生かしていたとしましょう。アレは水中で生息していましたよね？ですから、菌類は溺れても生き残ることができる。アレが何かをして、宿主も生き残れるようにしていたとしたら？」

デントンは、ようやくわたしのほうを見た。口を開き、また閉じる。彼がじっくり考えている様子を、実際に観察することができた。「酸素が不足すると脳は死にます」デントンはゆっくり言った。「仮にこの菌類が、なんらかの形で酸素を提供できるとすれば……

それを吸収して、脳に送れば……ああ、よろしい。非常にばかばかしい思いつきですし、ほんの一瞬でも信じるべきではありません。しかし、あいつが脳幹にすでに存在しているとしたら、信じてもよい話ですよね？」

「マデリンは目覚めたんです。首を折られた数日後に。彼女は起き上がり、奥の地下墓所のほうへ歩いていった。ミス・ポッターとわたしがやってきて立ち去ると、納骨堂のところへ戻ってきて、扉に閂がかかっていないと気づいた。そして扉を開け、出ていった」わたしは階段のほうへ手をふった。

「つまり、彼女はこの館のどこかにいるわけですね」デントンの声はおもしろがっているようだった。けれどそれは、大砲の列が所定位置に用意されているのを目にしたとき、発動するユーモア感覚だと気づいた。**おい、敵軍は大砲を持っているんだから、もちろん使うに決まっているよな？　ああ、それにこちらは弾切れだと言ったっけ？　ハハ！**

「そうです」

「どこへ行くでしょう？」

「どこだと思います？」わたしは階段を見上げた。「誰かがあなたの首を折ったとしたら、どこへ行きます？　彼女はロデリックを追うでしょう」

その時は、二人とも走った。階段を勢いよく駆け上がり、デントンはロデリックの部屋まで道案内をした。上下に揺れる二つのランプが、巨大な人影を廊下いっぱいに映しだした。気をつけていなければ、二人でランプオイルをまき散らし、呪われた場所全体を焼きつくしていたかもしれない。

館の上階の広間にはすでに明かりが灯されていたが、ロウソクの明かりではない。広間の端にある窓越しに見える、青白くぼうっとした光が広間を明るくしているのだ。なんてことだ、もう夜明けではないか。どのくらいの時間、二人で座って酒を飲み、この件に関してずっと考えていたんだ？　どのくらいの時間、地下納骨堂で過ごしたんだ？

どのくらいの時間、マデリンはひとりきりで、どうすることもできないロデリックのそばにいたんだ？

ロデリックの部屋の扉は、廊下に向かって少し開いたままになっていた。デントンとわたしは必死で視線を交わした後、二人で同時に入口から体を押しこもうとした。わたしのほうがわずかに速く、片手にそれぞれピストルとランプを持ってロデリックの部屋にとびこみ、そこでマデリンを見つけた。

彼女は、ロデリックのベッドに座っていた。

第十二章

マデリンの頭はとんでもない角度に傾き、首は恐ろしく斜めになっている。扉のほうへ顔を向けるには体全体を動かさなければならず、そうしているうちに頭が横へがくんと落ちた。するといっぽうの肩を引きあげ、頭をある程度まっすぐに保とうとするのだが、その些細《ささい》な行動のどこかがひどく恐ろしくて、わたしは途中で動きを止めた。

「アレックス」と、彼女は言った。その声はかすれ、息遣いも混じっている。大きく息を吸うことができないようである。あの野ウサギみたいに、彼女の肺にフェルト生地状の菌類が詰まっているのか？　あの声は単純に、彼女の首が折れているせいか？　そんなことが、実際のところ重要か？

「マデリン」ロデリックは横向きになって、ベッドに横たわったままである。彼が息をしているかどうかわからなかった。マデリンは、彼を殺してしまったのか？

もしも彼女がロデリックを殺していたとしたら、それは殺人になるのか、または正義がなされただけなのか？

「わたし……撃っても……あまり……意味ない……」彼女がささやいた。髪の毛が目の上にかかっていた。白い髪の毛が、骨色の肌の上に。手を上げて髪の毛をかきあげると、その指は黒みを帯びた紫色で、腕の側面の肌の下に長い線が走っている。死んだ人間にときとして見られる現象で、鬱血《うっけつ》するとできるのだ。菌類が彼女に何をしていようとも、マデリンの心臓は数日前に鼓動を止めているのだ。

咳をすると、彼女の声にほんの少し力が戻った。「撃たれたら……たぶん……うれしくない……とは思うけど」そしてわたしに悲しげな笑みを向けた。それは彼女らしい笑い方で、子どもの頃から知っているものだった。

「ああ、どうしよう、マディ」わたしは銃を下ろした。彼女を撃てると、本気で考えたのか？「なんてことだ。きみに何が起きたんだ？」

「首が折れたのは……困ったわ」彼女はじっくり考えながら言った。「あの沼が、ちょうど入ったの……わたしの脳と……肌に。いま、あの《va》子は、ずっと下まで育って……突然変異を起こしたの。何日も……かかった」そしてわたしのほうを見て頭を横にふると、首がぐらりと大きく動いた。首の気管の鋭い切り口が見え、爪でひっかかれるような吐き気に襲われた。「ロデリックは……お利口だわ。沼のことを……全然、理解しなかった」

デントンはわたしの隣までくると、ベッドのほうへ目を向けた。「ロデリックは生きているのか、マデリン？」

「わたし……殺してない」マデリンがふたたび咳をすると、頭が肩からすべり落ち、調子よくピョンピョンとはねた。わたしは顔を背けるしかなかった。また視線を戻すと、彼女は口へ手をのばして何かをぐいっと引っぱっていた。長く白い毛の束が口から出てくると、それを手で丸め、膝の上に無造作に落とす。「ふう」彼女の声はずっとしっかりしていた。

「やれやれ。ちょっとましになったわ。あの子《ヴァ》がわたしの肺に詰まっているのよ。わたしを助けるためだけれど、いまは詰まりすぎだわ」そして頭を肩の上へ押し戻した。

「あの子《ヴァ》？」彼女は誰のことを、子どものように呼んでいるんだ？

「沼のことよ」マデリンはわたしにほほ笑みかける。「ずっといっしょだったの」

デントンは前へ一歩踏みだし、「ロデリックを診《み》てもよいだろうか？」と尋ねた。当然だが、それは正しい行動である。いっぽうのわたしは、マデリンの意図と、沼のことを子どものように呼ぶ理由を探ろうと必死だった。

「どうぞ」

デントンは、不発弾がそこにあるかのような慎重さで、ベッドをぐるりと回って移動した。マデリンは、デントンを無視していた。彼女はどのくらいの速さで動けるのだろう。気づいたら、わたしは指で銃の用心金《ようじんがね》をこすっていたので、やめた。悪い癖だ。アンガスがいれば怒鳴ってくるところだろう。

「マディ」彼女の注意を引きつけておきたくて、わたしは声をかけた。「沼はずっといっしょだった、とは、どういう意味なんだ？」

「あの子《va》はずっと長い間、広がろうとしていたの」マデリンは切なそうに言った。「あの子《va》は、動物に入りこむことができた。あの子《va》は、そうすることで自分の感覚を学んだ。わたしには想像もできないんだけど、最初はどんな感じだったのかしら。考えてみて。目が見えなくて、視覚が存在するっていうのもわからない場合、どうやってそういう感覚を手に入れるの？　聞くことはずっと簡単だった。あの子《va》は振動を理解したし、聴覚っていうのは、つまるところ振動なのよね。それにあの子《va》は、臭いについてはわかっていた」マデリンは自分の目を指さした。「でも、この二つの丸いゼリーが入った嚢《のう》に役目があるって、どうしたら考えられる？　でも、あの子《va》は理解したの！」

わたしは唾を飲みこんだ。マデリンの背後で、デントンはわたしに向かって親指を立てて見せた。ロデリックにはまだ息があるのだ。ありがたい。

「沼は賢いのだと、話しているんだよね」

マデリンはほほ笑んだ。「あなたや、わたしより、ずっと賢いのよ。あの子《va》が学んだことを、全部を考えてみて」

「それと……」デントンが、ロデリックの手首を引っぱっていた。おそらくベッドからつれ出そうとしているのだろう。「沼が、きみに話しかけるのか？　なんらかの方法で、きみと情報を伝えあっているのか？」頭の半分では、彼女は狂ってしまったのだと考えていた。そしてもう半分では、自分はだいぶ前から死んだ女性と会話をしていたではないか、と。**キノコは考えない。そうだ、それに死者が動くこともない。**

「話すのが、一番大変だった」マデリンは言った。そして唇から、また菌糸の綿毛を引きぬいた。「あの子《va》には、まず手話のようなものを教える必要があってね。あの子《va》は、声を出して話すということが全然わからなかった」またクスクス笑いをする。紙がかさかさと擦《す》れるような笑い声で、わたしは身の毛がよだった。そして、彼女のあり得ない角度になっている気管のせいで、さらにぞっとした。「考えてみたら、わたしたちは咳をしながら空気を吐きだして、その間に唇を小さく震わせて、話をしているの。生まれついてそういうことができない場合、いったいどうしたらそんなことがわかる？　でも、あの子《va》は、ついに話すことをしっかり理解したの！」

息、する、大変、と、言っていたのを考えた。**マディ、違う。マディ、いち、あたし、いち。**

なんてことだ。あれは沼が話していたのだ。マディは、菌類に話し方を教えたのだ。

わたしの目の前には、いくつかの手がかりがあった。しかし、どうしたら真実を推し量ることができただろうか。マディが、壁やロウソクの名前をいちいち声に出したり、数を数えたりしていたのは、じつは言葉の練習だったのだと、どうしたらわかっただろう？　彼女が、キノコを子どものようにみなしているのだと、どうしたらわかっただろうか？

デントンは、ロデリックをベッドから引きずりだしていた。アッシャー家最後の男性は朦朧《もうろう》とした様子で、酔っ払いみたいにデントンに寄りかかっていたが、体は動いていた。ロデリックがつぶやくように質問すると、デントンが、静かにするようにとたしなめていた。

マデリンがふり返ろうとしたので、わたしは急いで一歩踏みだし、こちらへ注意を向けさせた。「きみは、あの子《va》……沼に……しゃべり方を教えたのか？」

うまくいった。マデリンはにっこりとした。「あの子《va》は、わたしたちが音を使って意思疎通しているとわかると、ほぼ独学で覚えた。すごく賢いでしょう！　メイドのアリス、それとわたし——あの子《va》はアリスを乗っとることにして、そしてわたしは、自分にできることを教えることにした。でもその後、アリスは自殺した。おばかさんよね。それからどんどん大変になったわ」マデリンの顔にさっと何かがよぎった。悲しみか、怒りか、失望か。わたしにはわからない。

「メイドは、自殺したのか？」

「アリスにはわからなかったのよ」マデリンは立ち上がろうとした。片手がベッドの柱をつかもうとして、蛇のようにくねっている。まるで体の別の部分から切り離されているかのようだ。「あの子《va》がやろうとしていたことを、アリスは受け入れなかった。その後、彼女のおばかな兄さんがアリスの遺体を持ちだして、焼いてしまった。想像できる？　だからアリスは、戻ってくることすらできなかったのよ！」

すると、火で止められるんだな、と、わたしは思った。言葉で言い表せない、うねりのような安心感に包まれる。もしもアレがわたしに入りこんだとしても、アンガスがこの体を焼きさえすれば問題ないだろう。**死者は歩くかもしれない。でも、わたしは、そいつらといっしょに歩きはしない。**

「だけど、あなたは受け入れてくれるでしょう、イーストン。あの子《va》に教える役目を引き継いでもらってかまわないわ。残念だけど、あの子《va》は、わたしの体をこれ以上維持することができない。わたしは、ぼろぼろになりはじめてきたの。時間がたって、いくつか壊れたところがあって」マデリンはまた悲しげにほほ笑み、一歩前へ踏みだした。

　彼女の動きは、あの野ウサギのようだった。ようやくわたしは合点した。

　マディの体の制御は、首のところで止まっている。首から下は、あやつり人形みたいに沼が操作しているのだ。

あまりにも長い間、わたしは動けず立ち止まったまま、マディが近づいてくるのを待っていた。「マデリン」注意深く声をかける。「このモノは……なんであろうと……きみを殺そうとしているモノだ。きみを、生きながら食らいつくしているんだぞ」このキノコのことを、あの子《va》なんて呼ぶつもりはない。絶対にない。ぞっとするほど嫌らしい、わたしの友人を食ったモノだ。

「わかってる、わかってるわ」マデリンは目をぐるぐる回しながら、わたしの言ったことを適当にあしらった。「もちろん、あの子《va》はそうした。そんなつもりはなかったんだけどね。あの子《va》は、変化の過程をできるだけゆっくりにしてくれた。でも、ほんの少し養分が必要だったのは、どうしようもなかったの。当然、わたしは、最後には死んだわ」

デントンとわたしは、彼女の頭ごしに目を合わせた。自分の表情に変化がなかったことを願う。彼の顔はそうではなかった。

「きみは、自分が死んでいるとわかっているのか？」

マデリンの笑顔は、喜びに満ちあふれていた。「イーストン」わたしが子どもであるかのように、彼女はやさしく話しかける。「最低でも一か月間、わたしはずっと死んでいたのよ」

沼が、マデリンの片方の手をのばしてきたので、わたしは後ずさりした。彼女の指の爪の下から生えている菌糸は、脱脂綿の塊《かたまり》のようだった。それは青あざのように青黒い色をした肌に映え、ぞっとするくらい白かった。数日前、彼女に触れたときの感覚が、警戒心を呼び起こしていた。いまわかっていることは……やれやれ、少なくとも火は効果があるな。ランプのオイルを彼女にかけることができれば……いや、これでは到底足りない。あの野ウサギを焼くのだって、もっと必要だった。ああ、ちくしょう。どうして死体はこんなに湿っているんだ。

デントンは、ロデリックを抱きかかえながら先導し、ベッドの後ろ側を回っていた。わたしは片足に体重をかけてそっと体を動かしつつ、マデリンと、デントンたちの間に自分の体を割りこませようとした。「どうしたら、そんなことが可能なんだ？　きみは呼吸をしている。それに心臓も動いている」

「沼が、できる限り、わたしの心臓を動かしてきたわ。わたしの体はやることがわかっているし、あの子は命令を出すだけでよかった。でも、ロデリックがわたしの首を折ってから、命令が伝わらなくなったの」マデリンは、また頭をまっすぐ押し上げた。「そんなのどうだってよいわ。生きていたときのわたしって、なんだったの？　誰にとっても役立たずで、とりわけ自分の役に立たなかった。母にとってはかわいい着せ替え人形で、男にとっては見る対象だった。そのうち母は死んで、その後にここへ来た。わたしを見る男はここには誰もいない。そしてようやく、わたしは目的を見つけたの」彼女はほほ笑んで顔を上げた。その口の端から何本もの白い糸が出ていて、しゃべると青白い毛糸のようなもので覆われた舌がちらっとのぞいた。わたしはまた一歩、後ずさりした。

邪悪、と、ロデリックは言っていたそうだ。けれど、わたしがここで目にしているモノは、邪悪ではない。異質なモノだ。怪物的な異質さであって、わたしのなじみのある世界から、はるかにかけ離れている。全身の筋繊維が悲鳴を上げて拒否し、走って、離れようとしている……。

「ねえ、アレックス」マデリンは眉間にしわを寄せた。「あなたは、わかるわよね？　わからなきゃ。あの子《va》を救うため、わたしを手伝ってもらわないと」

「マディ、わたしは……」

「そうしてもらわなきゃ」

「きみを殺したモノの手助けは、絶対にできない」これは真実よりずっとましに聞こえた。わたしは彼女がなりはててしまったモノを撃ちたいし、その後は遺体を焼き、野原には塩をまきたい、というのが真実である。

「ロデリックのことは、手伝っているのに」

胃の中に恥ずかしさがこみあげてきた。彼女は間違っていない。

「あの沼は、誰も傷つけてなんかいないわ。わざとそんなことはしない。あの子《va》は痛みを感じないんだから、どうやってそれがわかるの？　でもいまはあの子《va》も、よくわかっているわ」彼女はまた一歩踏みだす。「いまはもう誰も傷つけない。それにわたしがこんなに弱らなければ、あの子《va》が養分にするために食べたほんのちょっぴりくらい、なんてことなかったのに」

デントンは、扉のもうすぐそこまでロデリックをつれてきていた。

「マディ、きみはわたしに、それを感染させろと言っているのか？」

「**感染**なんかじゃない」彼女はその言葉にむっとしたようだった。「あの子《va》に、おうちをあげたいだけよ。あの子《va》は子どもみたいなものだから、お世話をしてくれる誰かが必要なの。だからあなただったら、わたしをいつも守ってくれていたみたいに、あの子《va》を守ってかばってくれると思う」

マデリンが前へ歩いてきたので、わたしはさっと後ろへ下がった。銃と火を持っているし、たぶんわたしの体重は彼女より百ポンドくらい重いはずなのだが、それでも退却していた。

「アレックス……」

デントンが手をのばし、わたしの上着の背をつかんだ。そして強く引っぱると、わたしは後ろ向きのままいきなり部屋からとび出ていた。そして最後に見たのはマデリンが、扉のところで立ちつくしている姿だった。


扉の外に鍵はついていなかった。わたしは扉に体重をかけて寄りかかった。「扉をふさぐものを持ってきてくれ」と、デントンに言う。ロデリックは壁にもたれて体を支えていて、酔っ払いが閂《かんぬき》を持ちあげているみたいだった。デントンは、廊下を駆けていった。

「アレックス？」マディが扉をコツコツと叩いた。

「あの音だ」ロデリックが口の中でつぶやいた。「あの音だ。彼女はまだ動いている。納骨堂から聞こえてくる。聞こえるだろう？」

「聞こえるよ」わたしは彼につきあって言った。

「アレックス。出して。わたしを助けてくれなきゃ」

扉が強く叩かれて揺れると、わたしは実際に前方へ一インチ押しやられた。足を踏んばり、背中を扉に押しつける。沼は、以前のマデリンよりずっと力が強い。

「アレックス、お願いだから！」

「あれは彼女じゃない」ロデリックの体はどんどん傾いていたが、手をのばして彼をつかもうという気はなかった。「イーストン、上官殿、あれは本当に彼女ではありません」

「わかっている」わたしは彼に伝えた。「違うとわかっている」

「アレックス、沼を救う手助けをしてもらわないと！」

「上官殿……彼女の声が聞こえます……」

「わたしにも聞こえる、アッシャー」

扉が、雨あられと強く打ち叩かれた。どうして、こんなに力があるんだ？　マデリンのか細い手首を、扉に打ちつける様《さま》を思い浮かべた。そんな仕置きを受けたら、確実に肌は割けてしまうだろう――しかし、沼はそんなことはおそらく気にしない。どうしてキノコが、肉体が損なわれることを心配するだろうか？　アレは痛みを感じない。だからいま、彼女も感じていないのだ。

「アレックス！」

耳鳴りが耳の中で轟《とどろ》き、すべての音をかき消した。ありがたい。だが、消えた時間は十分とは言えなかった。

「すまない、マディ」彼女に、わたしの声が聞こえたかどうかわからない。

「彼女の声のように聞こえる」ロデリックが言った。「でも、違う。あれは別のモノだ」

「わかっている」

大きくきしる音がして、長椅子を持ったデントンの登場を知らせた。「ほら。これなら、反対側の壁とつけて、つっかえ棒にするだけの大きさがあります」

そのとおりだが、ぎりぎりの大きさだった。デントンが長椅子をちょうどよい場所へ突っこんでいるとき、扉がほんの少し開いた。するとマデリンの青黒い指が、扉の縁にすべりこんだのが見えた。扉の荒削りの縁に菌糸の屑が少しはまりこんだ。彼女の手の下部は、ずっとドンドン叩いていたせいで赤く腫《は》れあがり、ゼリー状の肉の切れ端と、白くて長い糸がぶら下がっている。

彼女の手が扉をつかみ、ぐっと押した。長椅子が壁にぶつかり、板材がギシギシ音を立てるのが聞こえたが――持ちこたえた。

「イイイイストンンン……」扉の後ろから声がした。もうマディではない。「イイイイストン……？」

「使用人たちを家から出すんだ」わたしはデントンに言った。ひとり残らず出すことになると思う。ロデリックの腕の下に肩を押しこみ、彼の足をひきずりながら無理やりつれ出した。背中が悲鳴を上げ、もう若くないのだと言ってきた。この代償は払うことになるだろう。後で。わたしは背中に言い聞かせた。後でなら、膝から上がばらばらに壊れてもよいから。

ロデリックは、わたしにぐったりもたれかかった。「彼女を殺さなければならないだろうと、わかっていた」とつぶやく。「わかっていた。まさかきみがここへくるなんて、思いもしなかったんだ」

「大丈夫。大丈夫だ」彼に告げる。

二人で、なんとか階段を下りる。ロデリックは、だんだん自分の足で歩くようになっていた。彼の動きはゆっくりではあったものの、わたしの背中にとってはありがたかった。

「デントンにきてもらって、それで帰ってもらうつもりだったんだ。彼女が、どの程度具合が悪いかを確認してもらえば、その後に死んでも、誰も驚きはしないだろう」ロデリックは震える手を顔のほうへ上げた。「本当にすまない、イーストン。すまない。アレのことは、終わらせなければならなかったんだ」

わたしはうなずいた。とんでもない話だが、自分が見てきたことを考えたら、もはや彼の動機を問う気はなかった。「大丈夫だ、ロデリック。わたしにはわかっているよ」探していた犬を安心させるみたいに、彼の背中をポンと叩くと、不思議とこれが彼を落ち着かせたようである。「大丈夫だから」嘘だったが、二人ともそれを必要としていたのだ。

デントンが中庭に使用人たちを集め終えた頃、わたしとロデリックもそこへ着いた。使用人は、二人だけだった。館のいたるところに出現していた男性の使用人と、おそらく料理人の女性である。「馬屋番の少年は、わたしの馬といっしょに宿へ行かせました」とデントンが言い、わたしはうなずいた。

ロデリックはふらつきながら、自分の足で立った。そして二人の使用人にうなずいた。

「アーロン、メアリー。もう終わりだ。頼むから、村へ行ってくれ。ぼくは……」唾をぐっと飲みこむ。「行けるようになったら、すぐに追いかけるよ」

メアリーは無表情のまま顔を背け、アーロンはためらっていた。「だんな様……お手伝いいたしましょうか?」そして、控えめな不信感をこめた眼差しをわたしに向けた。わたしがロデリックの健康についての指導的立場の人物なのか、はたまた救世主なのか、どう見てもわからないのだ。

「今回は必要ない」ロデリックは弱々しくほほ笑んだ。朝の光の中で、彼の肌は死人のように黒ずんだ色をしていた。「頼むから、メアリーといっしょに行ってくれ。そうすれば、ぼくも心配しないですむ」

「承知しました、だんな様」アーロンは襟《えり》を正してお辞儀をすると、料理人の女性について道を下り、館から立ち去っていった。

こうして、デントンとロデリックとわたしだけが残り、呪われた館と、見下ろしてくる異質な存在の目のような窓を、中庭に立って見上げていた。沼は光をちらつかせ、窓ガラスに反射させている。

「彼女が出てくるまで、どのくらい時間がかかると思いますか?」デントンが尋ねた。

わたしは唾をぐっと飲みこんだ。そして、あの扉がドンドンと強打されていたことを思い出した。「長くはない。アレが、彼女の体をバラバラに壊したりしなければな」そうだとしても、アレを止めることはできないかもしれない。どうして止められると? わたしは館の庭園へと続くアーチ道にざっと目を走らせ、野ウサギを探した。

「簡単だよ」ロデリックが言った。「アッシャー家は、この怪物のようなモノを成長させてしまったんだ。アッシャー家最後の人間が、アレを外へ出さないよう見届けることにする」彼は自分に向かって、静かにうなずいていた。

「ひとりで行ってはだめだ」わたしは、とっさに口にした。

「いや、ひとりでできる」ロデリックは、わたしの肩をぐっとつかんだ。そして「まだ彼女の声が耳に残っているんだ」と言い足す。「いまも彼女の声が聞こえる。そこにいる。死んでいない。きちんと死んでいないんだ。そして沼にいるモノが、反応しているのが聞こえるんだよ」

「だが、もしも、アレが……」

ロデリックは、わたしに向かって無心の笑みを浮かべた。「行くんだ、イーストン。きみはぼくの最後の、そして最良の友人なんだ。ぼくのために行ってくれ」

わたしはぐっと唾を飲みこんだ。そして、彼の背中を最後にもう一度バンと叩いてから離れた。デントンとわたしが、あの呪われた館から呆然としながら離れてゆくいっぽうで、ロデリック・アッシャーは館内へ戻っていった。

道を半分ほど過ぎても、まだ館は見えていた。やがて最初の炎が屋根に到達した。

第十三章

館は二日間燃え続けた。デントンとわたしは、へとへとだったけれど方向転換して引き返し、とにかく火を消そうとした。わたしはどこかの時点で眠ったはずだが、正直言ってまったく記憶がない。

わたしは炎が燃えさかる音を聞き、以前ロデリックが「どこにマッチをしまったか、もうわかっているんだ」と言っていたことを思い出した。

もしも沼が光り輝いたとしても、オレンジ色の炎の反射光に飲みこまれてしまっただろう。

ついに、館も、なんであろうと館の中のものも救えない、とはっきりわかると、わたしたちは村の宿屋へ向かった。わたしはぶっ通しで十八時時間眠り、冷えた紅茶を飲んで、用を足すときにだけ起きた。お茶をいれるために水を沸騰《ふっとう》させたのなら、きっと安全なはずだ。きっとそうだ。

ようやく目を覚ましたわたしは、舌の上に白い羊毛状のものが生えていないかどうか、鏡で確認した。何も見えなかった。

階下の談話室へよろめきながら下りてゆくと、デントンが、暖炉の火のそばにうずくまっているのを見つけた。「わたしの、いまの気分みたいな見た目ですよ」と、彼に声をかける。

「すごい偶然ですね」デントンが言った。「あなたの、見た目みたいな気分なんです」

わたしは、火のそばにあったもうひとつの椅子にへたりこんだ。宿屋の主人は、マグカップに入った何かを持ってきてくれた。熱かった。それだけが、わたしの関心を引いたことだった。

わたしたちはそこに座り、なんであれマグカップの中身を飲み、少しずつ人間の感覚を取りもどした。けれどそういう感覚があることを、純粋にありがたいと思えなかった。つまりわたしは、また思考することができるということだし、わたしの考えといえば、身の毛がよだつようなことだったからだ。デントンの目の下の隈《くま》から判断すると、彼の考えたこともましなものではないようだ。

「アレが、われわれに何をできたかを、ずっと考えています」

「わたしたちの体を乗っとる、ということですか?」

「それだけではありません」デントンは椅子をひきずって、少し近づけてきた。「アレは、周囲の人間を動かすことができた。話し方を学んでいた。仮に、そういうことがもっと上手にできたとしたら。広がったとしたら」

骨の髄まで感じた寒気が、外へと広がっていったようだった。「アレはどこへだって行けた」わたしは静かに言った。「自己再生できた。わたしたちは、アレの意のままになっていたかもしれない。あの野ウサギみたいに、アレのただの延長線になっていたのかも」

デントンはうなずいた。

マデリンは、沼に悪気はないのだと言っていた。おそらく、狂犬病だってそんなつもりはなかったはずだ。しかし、死者を操ることができる、あどけない怪物の絶え間ない善意のせいで、人間社会を脅威にさらすわけにゆかない。

わたしは火かき棒をつかんで薪をひっくり返し、体を温めようとした。「アレがわたしたちの中にすでに入りこんでいないと、どうしたらわかるでしょうか?」

「わかりません。肺いっぱいに沼の水が入っていなければ、問題ないのではないかと思います。アレは、まず肺の中から生じるようです。それにマデリンは、水のほうへ何度も戻っていたし、もしかしたら……わかりません。もしかしたら、彼女の中にあったアレの一部が、沼の中のモノとやりとりしていたのかもしれません。ですから、なんとかしてあの沼の中にいるモノを駆除できたら……」デントンの声はだんだん小さくなっていった。わたしは、沼、または地獄を浄化できるだけの量のアルコールが村にはあるだろうか、とか、ガラシア全域には十分な量のアルコールがあるだろうか、と考えた。

「いったいどうやって、あの沼をつぶそうか？」そう尋ねたところで、正面扉が開いた。

「おや」アンガスが、玄関マットで泥を落としていた。「それでしたら、われらが運んできました、荷馬車いっぱいの硫黄《いおう》ではじめてみるのがよいと思われますぞ」

「硫黄を千二百ポンド分だと？」わたしはアンガスをじっと見て、そしてミス・ポッターを見て、またアンガスを見た。「どこで手に入れ――どうやって手に入れたんだ――？」

ミス・ポッターは、どう見てもきつい旅をこなし、大変な目にあっていた。彼女の灰色の髪の毛はぼさぼさにからまり、目の下には巨大な隈ができている。いっぽうで彼女の背筋はまっすぐで、口元はいつもどおりに感情を制御していた。わたしはその双方を見ることができて、大げさなくらいうれしかった。

アンガスは、アンガスのように見えた。いつだって、アンガスはアンガスらしく見えるのだ。

「硫黄は、黒星病やサビ病（双方ともカビが原因で植物に生じる病気）、それと果樹に悪影響をもたらす菌類が原因の病気の処置に用いられます」ミス・ポッターは、つんとすまして言った。「行政機関が、わたしたちの言いぶんを聞くつもりはないのだと、かなりはっきりしたところで、谷間を下ったところのいくつかの果樹園に立ち寄ったんです。わたしが聞いたところでは、これは最高級のシチリア産の硫黄で、アメリカ産より質がよいと認められているものです」

「マダム。いつもでしたら、同国人の名誉のために擁護《ようご》しようと思うところですが、いまこのときはお二人と、あなたのシチリア産硫黄にキスできるかもしれません」デントンが言った。

「そんなことをしてはいけませんな」アンガスが不満げな声をもらした。「でなければ、あなたに決闘を申し込むことになりますぞ、ドクター」そしてミス・ポッターは、文字どおり顔を赤らめていた。

「ホブはどこだ?」外へ出ながら、わたしは尋ねた。

「谷間を下ったところにいます。荷馬車と、それを曳く二頭の馬の担保として、そこに待たせております」ホブは、馬具につながれている二頭の荷馬と比べ、三倍の価値がある。けれどいまは絶対に、つまらないことで議論をするときではない。音を立てずに動き回る二頭の生き物は、荷馬車を曳くことはできるのだし、それはたしかだと思う。荷馬車には帆布袋《はんぷ》がうずたかく積みあがっていたが、ずり落ちることはなく、わたしたち四人が荷馬車の上に乗ってもそのままの状態だった。アンガスは手綱を取った。

驚いたことに、アーロンが作業に加わった。アンガスは彼にうなずいて見せた。アーロンの顔はやせ細り、他の者たちと同様にくたびれている。

「沼に毒を入れようと思っているんです」デントンは単刀直入に言った。

「はあ、左様で?」

デントンが、沼にいる菌類が原因の、精神異常を引き起こす病気について説明している間、わたしは目を閉じていた。それはどんな説明よりましだったし、真実に近いものだった。

アーロンは、この話についてじっくり考えた。「驚きはしません、先生。あの沼が悪いものだということは、祖父の時代から知られていました」

「きみとメアリーは、気をつけなければいけない」デントンは細心の注意を払いながら言った。「沼の水を飲むことで、あの病気は広がるかもしれないんだ」

わたしはアーロンの声に、信じられないという思いを聞きとった。「誰も、あの水は飲んでおりません、先生」

デントンはためらった。「だが、あの家では……」

「井戸があります。深い、よい井戸があるんです」

わたしは顔を背け、安堵の涙が流れているのを見られないようにした。

廃墟に着いたとき、アンガスとミス・ポッターは黙ったままだった。建物の残骸から、煙がまだ細くたなびいている。沼はひっそりしていて、一見するとおだやかなようだ。

わたしたちは帆布袋をひっつかんだ。硫黄の粉末が水の表面にぶつかると、ほんの一瞬、沈まないのではないかと恐ろしくなった。しかしその後、細かい粒がしだいに沈殿しはじめ、やがて水と混じりあって黒々とした渦《うず》をなし、沼の奥底へ沈んでいった。

二つ目の袋をつかもうと向きを変えたとき、わたしたちの周囲で緑色に発光する輝きがまぶしくなった。荷馬車の横に燃え立つような光が見え、のっそりした馬たちが急に驚きおびえていた。アンガスは馬たちの頭を押さえようと移動してきて、やさしくなだめるように冗談をささやいていていた。

「おそらく、アレは、攻撃を受けているとわかっているのです」ミス・ポッターがつぶやいた。

「はあ」と、アーロンが言う。

沼は、青白い光を放って燃えあがった。深いところで、淡い色をしたゼラチン状のモノが脈打っている。けれど、こちらへのびてくる力はない。わたしはまたひとつ、さらにもうひとつと袋の中身をぶちまけ、両手は硫黄の粉でぶ厚く覆われた。沼は、すぐに死にはしなかった。わたしは勇気を出して歩道の上や、いまだに熱気を放っているひび割れた石の間も歩き回り、手の届く限り遠くまで、掌《てのひら》いっぱいの硫黄の粉を放り投げた。**どうしよう、これで足りるのか？**

ゆっくり、ゆっくり、光は鈍くなっていった。わたしはまた別の袋を取りに戻ったが、アンガスがわたしを押しとどめ「全部使いきりました」と言った。

「もっとたくさんいるんだ」

「いいえ、見てください」ミス・ポッターが指さした。光は、ほぼ消えていた。みなで見ているうちに、光はさらに数回脈打ち、そして……何も見えなくなった。

さらに一時間以上待っているうちに日は沈み、そしてなんの変化も起きなかった。水から、輝く光は発生してはいない。ゼリー状の形をなしていたモノは、暗闇の下に姿を消していた。そしていたるところから、何かが焦げた強い臭いがしていた。

「終わりですか？」わたしはひそひそ声で話した。

ミス・ポッターはわたしにうなずいた。そこにいたのは、あの誠実で頑固な、獅子の心を持つ女性だった。「中尉、これで終わりだと考えています」

「わたしが見張っておきます」アーロンが申し出てきた。「もしまた光が出たら、こちらで必要なことをします」

「わかった」わたしのしゃがれ声は、耳の中でざらついた。「それと、もしも野ウサギを見かけたら……沼の水を飲みにくる動物がいたら……撃って、その死体を燃やすんだ。重要なことなんだ」

「承知しました、だんな様。そういたします」アーロンは手をのばし、わたしの前腕をぎゅっとつかんだ。わたしはきっと、すさまじい姿をしていただろう。そして、彼にとって家であった場所が背後で燻《くすぶ》る廃墟となっているにもかかわらず、わたしを慰めようとしているのだ。

そしてわたしたちは、馬車でそこを立ち去った。死んだ沼と、崩壊したアッシャー家の館で燻る木材を後に残して。

著者あとがき

さて、しばらく前にわたしはエドガー・アラン・ポオの「アッシャー家の崩壊」をたまたま読み返した。少なくとも怪奇小説作家としての仕事に、古典作品を再検討することが含まれている場合、そうすることがある。子どもの頃に読んでいたのだが――わたしは、そういう子どもだった――内容はほとんど覚えていなかった。

最初に気づいたのは、ポオがすごく菌類に夢中だったという点である。マデリンに言葉を費やすより、菌類について書き連ねることのほうに、力を注いでいるのだ。

二つ目に気づいたのは、話が短い点だった。もしかしたら、この物語が文化的フィールドの中であまりにも大きな存在なので、もっと長いと期待していたのだろう。しかし、違った。話は短かったし、効率よく物語を展開することがずいぶん言われているけれど、わたしはもっと読みたいのだと気がついた。説明が欲しかったのだ（わたしは、つねに説明を欲している）。マデリンの病気について、そしてロデリックが単純に引っ越しをしなかった理由や、語り手が叫び声を上げて館から走って逃げる前にアッシャー兄妹の脈を調べなかった理由、などを知りたいと思った。

ところで、「脈を調べない」ことに関して、本作ではそれほど貢献できなかったけれど、マデリンの病気があたり一面の菌類と関係があったはずだというのは、わたしには明々白白だった。

白紙のページを立ち上げてキノコについて書きはじめると、いきなりアレックス・イーストンがページ上に現れた。イーストンは自分の馬を引きつれ、ビアトリクス・ポッター(彼女自身も、著名な菌類学者だった)の架空の叔母に出会うことになった。書き進めるうえでは、あまり凝りすぎないようにしようとした。ため息と気絶と、詩神《ミューズ》についての謎めいた言葉で終わる、という危険な道へ踏みこむことが心配だった。ところが実際には、ときとして登場人物がわたしの頭の中にとにかく完全な姿で現れることがあって、それもあくまで自分の出番を待っていました、という感じなのである。そういうわけで、イーストンといっしょに書くことになったのだ。

こういうことが起きると、よい面も悪い面もある。作家にとっては非常にうれしいことではあるが、その手の登場人物は、自分の周りにある物語全体をゆがめてしまうものである。幸運なことに、イーストンはかなりお行儀がよく――アメリカ人に対する鋭い批判を除いて――自分が登場した後に、親切にもガラシアの歴史まで紹介してくれた。

ルリタニアン・ロマンス（架空の王国を舞台にした冒険物語の様式のひとつ）は、長年にわたって定番の物語様式のひとつであり、実際に『ゼンダ城の虜』（一八九四年、アンソニー・ホープ作。ルリタニア王国を舞台にしている）という架空のヨーロッパの小さな王国を舞台にした作品を生みだしている（皮肉な話だが、イーストンは『ゼンダ城の虜』を読んだかもしれない。本作にでてくる科学技術の達成度から、本作の舞台が一八九〇年代だと特定できるのだ）。けれど、わたしは王国にそれほど興味はなく、むしろ心身がぼろぼろになった兵士や、崩壊しそうな家に囚われている絶望した人びとに興味がある。ルラヴィアという名前が、そんな魅力的な、耐え忍ぶ者たちを意識してでてきたいっぽうで、不安なところもあった。この偉大なルリタニアン・ロマンスの伝統に、自分の物語が収まるかどうかわからなかった。それに自分がたんにひねくれていて、ルリタニアン・ロマンスの伝統に対して、表向き敬意をこめて手をふっているだけなのかどうかも、わからなかったのだ。

　とりあえず、わたしは約一万語を順調に書き進め、イーストンの耳鳴りや、デントンの社交上の失敗や、ロデリックの衰弱や、宣誓軍人や、ガラシアのカブの彫刻などについて学んだ。それからたまたま、シルヴィア・モレノ＝ガルシア作のすばらしい小説『メキシカン・ゴシック』（青木純子訳、早川書房、二〇二二）を読んで思った。「どうしよう、崩れかけたゴシック様式の家にある菌類を使って、モレノ＝ガルシアがなしえなかったことを十倍うまくやるなんて、わたしにできる?」そして、書いたもの全部をサイバースペース内の引き出しにしまいこんでから、大いに飲んだ(まじめな話だが、この本をすぐに置いて、モレノ＝ガルシアの本を買いに行ってほしい。それからこの本をふたたび手に取ってほしい。もちろん、「著者あとがき」を途中までしか読まないということは、絶対にしないように。でも、『メキシカン・ゴシック』を、あなたの読みたい本リストの最初に必ず載せるようにすること)。

だけど。

とはいえ。

作家同士で言い合うことに、「そうなんです、書きあげたんです。でもあなたは、まだ続きを書くんですね」というものがある。そしてわたしの場合、イーストンがすぐそばにいた。十九世紀後半のすばらしく混沌とした貴族崇拝、勇気、世界的規模の倦怠感、洞察力——それとわたしの菌類は別物である。ああ腹が立つ。以前、あるツイ友が、数多くの〝菌類が脳を乗っとる系〟の物語の問題は、相手に影響を及ぼす手段に無理がある点だと強く主張していた。そこでわたしは、知能の高い菌類が、その点をどのように対処するか考えはじめた。あなたが完全に支配していると思っていた生物が、たとえば化学物質による情報、さらに発光器といった実用的でわかりやすい手段を用いず、彼らキノコの傘の上に空気を押し上げ、気流を調整するといった方法で意志疎通をすると最初に気づいたとき、どんな感じがするだろう？　液体を閉じこめた球体内にある光受容体。よし、そんなに気味悪くない。でも、すべての指令が反対とかあらゆる方向に流れるように接続されていて、遺伝子の遺伝暗号の解読方法を見つけなければならないとしたら？

これは大変だ。こういうこと全部に取り組める才能が必要になるだろう。時間はたっぷりある、天才にならなければ。

むろん菌類を使ったかっこいい仕掛けといえば、菌類の細胞の大半は未分化細胞なので、仮にその細胞の過半数がうまい具合に脳細胞だとしたら……よし、そうすれば、本当に賢いキノコが手に入る……そして、数世紀をかけて地元の野生動物で試してみたら……。

正直なところ、イーストンたちが沼を殺さなければならなかった点が、わたしは少し残念なのだ。そうしなければならなかった理由はわかるけれど、次のように考えている自分もいた。「でも、仮にあの野ウサギを保存しておいて、無菌室に入れ、菌類を培地で培養したら？　意志を伝える方法を学べないかな？　この菌類に悪意はない。ただし、死んだものを歩き回らせることを、人間がすごく、すごく嫌がるということを菌類が知っているわけがない」しかし、一八九〇年代に利用できる科学技術があったとしても、叫び声を上げるくらい強烈な本能的な恐怖については、まったくのところ誰も責めることはできない。

（この時点で付け加えなければならないのは、ジョン・M・フォードによる名高いスタートレック小説 *How Much for Just the Planet?*（一九八七年、未訳）の登場人物のひとりが、映画版「アッシャー家の崩壊」の中の次のセリフについて議論していることだ。「黒々とした沼の中へ、実際に沈んでゆくんだ。でも、必要なときに沼はそばにないんだよ」このセリフは、わたしの頭から離れなかった）。

ともかく！　深い感謝の気持ちを以下の方がたに！　「わかんない。こういうアイデアを、ずっとこねくり回してるんだけど、えっと『アッシャー家』と、邪悪な菌類とか？」と、わたしが電話で話しているところに遭遇したとき、そのアイデアを聞き出すためわたしの手から電話をとりあげた、編集者のリンジー・ホールとケリー・ロンサムに。その他もろもろの仕事のかたわら電話での問い合わせに応じ、わたしが安心して書けるようにしてくれた、代理人ヘレンに。試し読みをして、「おもしろい。だけど、**あなたどこか悪いの？**」と言ってくれた親友のシェパードに。大型藻類《そうるい》と沼の性質について、多くの考えを引き出す手助けをしてくれたキャサリン・ケール博士に。この作品に、それらをうまく組みこむことができていればよいと願っている（大型藻類に共生して覆いかぶさっている、マット状の菌類の上には、バイオフィルム（微生物や、微生物が発する物質などによる集合体）がある。そのバイオフィルムは凹凸《おうとつ》のある層を形成し、電気化学的な信号を用いて脳のようなふるまいをするのだ！　すごくかっこいい！　しかし、どうであれ一八九〇年代では、誰もそんなこと知らないだろう！　あーあ）。

そしてもちろん、いつものように夫のケヴィンに感謝を。執筆中、もう何もわからずどうでもよくなり、間違いなく家名に永遠に消えない傷をつけてしまったと思ったとき、最善の励ましをくれた。伴侶にまさる大きな愛はない。

二〇二〇年七月、ノースカロライナ州、ピッツボロ

T・キングフィッシャー

訳者あとがき

本作は、アメリカの作家T・キングフィッシャー（一九七七年―　）による、ローカス賞ホラー長編部門二〇二三年度の受賞作 *What Moves the Dead*（二〇二二年七月発表）の全訳です。

退役軍人アレックス・イーストンは、あるとき久しぶりに幼馴染みマデリン・アッシャーから手紙を受け取ります。そこで愛馬ホブとともに、アッシャー家の館へと向かいましたが、その地でイーストンを待ち受けていたのは、思いもよらないものばかりでした。やがてイーストンは、想像もしていなかった恐ろしい事実を知ることになります……。

アッシャー家、マデリン……とくれば、本作がアメリカの怪奇小説家E・A・ポオ（一八〇九―四九）による怪談の古典「アッシャー家の崩壊」（一八三九年）をモチーフにしている、と、お気づきのかたもいらっしゃるでしょう。本作には、いくつかの「もしも」が描かれています。キングフィッシャーは「著者あとがき」で、ポオの「アッシャー家の崩壊」があまりに短かったので、謎に対する説明がほしいと強く願ったと述べています。さらに「もしも」マデリンの病気が「あるモノ」が原因だったら、という想像をめぐらせ、そこから新たな恐怖の物語が二十一世紀の現代に蘇《よみがえ》ることになりました。

本作との出会いは、「なんとなく怖い物語が読みたい」と思い、ホラーやファンタジー作品を紹介しているウェブサイトを見ていたときのことでした。本作のタイトルと、印象に残る表紙イラストが目に飛びこんできたのですが、そのイラストに描かれていた「あるモノ」がこれほど登場するホラー作品だとは、よもや想像もしていませんでした。ポオは「アッシャー家の血統は由緒あるものながら、いかなる時代にも、かつて長つづきのする分家を出したことがない」（「アッシャー家の崩壊」河野一郎訳『ポオ小説全集1』阿部知二他訳、創元推理文庫、一九七四年）と語っていますが、「アッシャー家の崩壊」が本家であるなら、キングフィッシャーによる本作は、二十一世紀に誕生した新たな分家でしょうか。しかも、おぞましい事件が起きる分家として（以下、本作の内容に触れているところがあります）。

本作は、地名として登場する「ルラヴィア」が醸《かも》しだしているように、ルリタニアン・ロマンスの系譜をほんのりとひいている世界、「十九世紀末の架空のヨーロッパの小国」が舞台となったホラー作品です（この点も含めた詳細につきましては、本作制作の裏話となる「著者あとがき」を、是非お読みください）。さらにこの物語をいっそう特異なものにしているのは、主人公イーストンの故郷ガラシアにおける軍隊の「宣誓軍人」です。なにしろ原書では、本作を含む連作を「宣誓軍人シリーズ」（Sworn Soldier series）と呼んでいますから、どうしても気になる存在です。

この「宣誓軍人」は、主人公イーストンを形成する重要な点だと言えます。本作の時代設定となっている一八九〇年頃の現実のヨーロッパ列国は、植民地政策や対外戦争に熱心でした。イーストンの祖国ガラシアも征服されそうになり、兵員増強の手段として「宣誓軍人」という制度が導入されます。現実の十九世紀末ヨーロッパでは、女性が軍人になるなど到底考えられないことでしたが、「もしも」女性が軍人として戦争の前線に立つことがあったとしたら……。その「もしも」が実現した姿が、本作の主人公、「宣誓軍人」のイーストンなのです。宣誓軍人という身分は時代的・文化的制約や性別に関係なく「軍人」という人格を与えられ、一度手に入れたら生涯変わることなく持ち続けることができます。イーストンは、つねに「軍人」として扱われることを選択して生きている人物として描かれているのです。

退役軍人であるイーストンは、じつは心身ともにいまだ癒《い》えぬ傷を抱えていますが、困難の中でどれほど泥臭くもがきながらも、ややひねくれたユーモア精神をつねに失わない人物です。ポオの「アッシャー家」も、キングフィッシャーによる本作も、館への訪問者が語り手であり主人公です。ポオの語り手が、事態に手をこまねいたあげく最後は崩壊する館から逃亡するのに対し、本作の主人公イーストンは、次々と問題に立ち向かってゆきます。中編といってよい長さの物語世界で、イーストンをはじめとした個性的な登場人物たちが、それぞれ活躍の場を与えられているところも、本作の魅力となっています。

そしてイーストンを気に入った著者キングフィッシャーは、イーストンが登場する本作の続編をさらに書き上げました（最終的に三部作になる予定のようです）。本作の読了後、続編が出ると知ったときはとてもうれしく、わくわくしながらその刊行を待ち、そして期待以上の、本作とはまた別種の恐怖が描かれた世界を楽しみました。機会があれば、イーストンのさらなる恐怖の冒険を是非ご紹介したいと思っております。

現在翻訳で読むことのできるT・キングフィッシャーの他作品は、『パン焼き魔法のモーナ、街を救う』（原島文世訳、ハヤカワ文庫、二〇二二年）です。この作品は高い評価を得て、二〇二一年のSF・ファンタジー関連のヤングアダルト部門の賞を多数獲得しました（ローカス賞ヤングアダルト部門、アンドレ・ノートン・ネビュラ賞、ロードスター賞、ミソピーイク賞児童文学部門、ドラゴン賞ヤングアダルト児童書部門）。

著者のHP「Red Wombat Studio」では、「T・キングフィッシャー」はダークファンタジー、ホラー、ファンタジーロマンス作品のベストセラー作家であり、「アーシュラ・ヴァーノン」はコミック、児童書で受賞歴のある作家だが、「じつは二人は同一人物だ」と紹介しています。近年はキングフィッシャー名義の作品が、数多くの賞を受賞しています。双方の名前で発表した作品は四十作以上になり、小説家であると同時にイラスト、マンガなども描いています。たとえば本作の原書見返しには、著者が描いた不気味な雰囲気が漂うイラストが掲載されていて、多才な著者による表現世界の一端に触れることができました。

ウェブマガジンでのインタビュー（Q&A: T. Kingfisher, Author of 'The Hollow Places', 二〇二〇年十月一日）の中で、「T・キングフィッシャー」という筆名にした理由を質問されると、著者は、Tは「The」か、もしくは「テレンス」という意味だと答え、いくつか理由があるが「キングフィッシャー（カワセミ）が好きだから」苗字に用いたと述べています。そして『ゲド戦記』のアーシュラ・K・ル＝グウィンがかつて作品が雑誌に掲載されたとき、名前の表記をイニシャルにするように言われ、「ひとは〝U・K〟がいったい何の略だと思うだろう。〝ユリシーズ・キングフィッシャー〟？」と思ったことがあった、というエピソードを紹介しています。そしてこのエピソードとル＝グウィンへのオマージュも兼ね、自分の筆名はT・キングフィッシャーにしたそうです。本作でも、所々にユーモラスな場面を挟んでいる著者らしい発想だと感じられました。

本文中には、今日の人権意識からして不適切と思われる記述があります。しかし著者に差別意識はなく、本作が架空の十九世紀末のヨーロッパを時代背景にしていることを考えあわせ、原文のまま翻訳いたしましたことを、お断り申し上げます。なお、本文の内容に時間的なずれが発見されましたが、原文のままとさせていただきました。

翻訳にあたっては、二〇二二年版のトーア・ブックスのハードカバーを底本に用いました。
本作に興味を持っていただき、企画から出版にいたるまで大変お世話になりました、東京創元社の編集者の小林甘奈さんに心よりお礼申し上げます。どうもありがとうございました。

訳者紹介　神奈川県生まれ、福岡県育ち。白百合女子大学にて博士号取得。訳書に『思い出のスケッチブック』『青春のスケッチブック』『ずっとのおうちを探して』、共訳に『アーデン城の宝物』『ディッキーの幸運』『新版 オックスフォード世界児童文学百科』。

死者を動かすもの

2024年12月27日　初版

著　者　T・キングフィッシャー

訳　者　永《なが》島《しま》憲《のり》江《え》

発行所　(株) 東京創元社
代表者　渋谷健太郎

162-0814 東京都新宿区新小川町1-5
電　話　03・3268・8231-営業部
　　　　03・3268・8201-代　表
URL　https://www.tsogen.co.jp
組　版　フォレスト
暁印刷・本間製本

乱丁・落丁本は、ご面倒ですが小社までご送付ください。送料小社負担にてお取替えいたします。

©永島憲江　2024　Printed in Japan

ISBN978-4-488-51304-7　C0197